Jörg Sielaff

Geschichten aus der Provinz
Episoden aus meinem Berufsleben

I

Jörg Sielaff, geboren 1940 in Eutin, Schleswig Holstein, verbrachte die ersten Lebensjahre in Kiel. Nachdem das Wohnhaus der Familie zerbombt worden war, zog seine Mutter mit ihm und seinem Bruder nach Brückenberg in Schlesien. Von dort mussten sie im Februar 1945 durch die Kriegswirren fliehen und kamen nach Deggendorf am Bayerischen Wald in Niederbayern. Dort wurde er eingeschult. 1948 Umzug nach Berlin. Nach dem Schulabschluss, 12. Klasse, zweijähriges Baupraktikum und Studium Fachrichtung Hochbau an der Staatlichen Ingenieurschule für Bauwesen in Berlin-Neukölln. Bis 1974 als Architekt und Stadtplaner in Frankfurt/Main, von 1974 bis 2001 im Land Hessen als angestellter Kommunalberater tätig, danach selbständiger Kommunalberater.

Jörg Sielaff wohnt seit 1981 in Schlüchtern, Main-Kinzig Kreis, Hessen. Er ist das zweite Mal verheiratet und hat drei Töchter. In den Jahren 1986 bis 1989 initiierte er den Nordhessischen Kultursommer und gründete mit Kulturschaffenden 2010 das KulturWerk Bergwinkel e.V. in Schlüchtern, in dem er noch heute aktiv ist.

II

Jörg Sielaff

Geschichten aus der Provinz

Episoden aus meinem Berufsleben

Herausgegeben von Jörg Sielaff

Bibliographische Information der Deutschen Nationalbibliothek: Die Deutsche Nationalbibliothek verzeichnet diese Publikation in der Deutschen Nationalbibliografie; detaillierte bibliografische Daten sind im Internet über dnb.dnb.de abrufbar.

Herstellung und Verlag: BoD – Books on Demand, Norderstedt

ISBN 978-3-7519-6873-7

Inhalt

Vorbemerkung

Ich werde hier meine Erlebnisse in der Zeit meiner Durchführung städtebaulichen Altstadt-Sanierungen in Schlüchtern, Hessisch Lichtenau, Gelnhausen sowie des Gewerbegebietes Tiefenort im Rahmen des Grenzraumprogrammes und meinen gesetzlichen Betreuungen zusammentragen. Dazu gehören auch Erinnerungen an den Februar 1990 in Erfurt bei der Einrichtung des Büros für das Land Hessen. Der Titel ist ein Zitat eines Kollegen, der mich immer fragte, wenn ich nach einigen Tagen im örtlichen Sanierungsbüro zurück in das Büro nach Wiesbaden kam, „Hast du wieder Geschichten aus der Provinz erlebt?" Offensichtlich war es für die Kollegen und Kolleginnen, die ihre tägliche Arbeitszeit im Büro verbrachten, eine willkommene Ablenkung, meine nicht immer alltäglichen Berichte zu hören.

In meinem Beruf und in meinem Leben hatte ich es mit Menschen zu tun, die aus den unterschiedlichsten Regionen und Schichten kamen. Diese Kontakte bereicherten mein Leben und ermöglichten mir eine große Toleranz anderen gegenüber.

Was ich erst beim Schreiben dieses Buches so richtig erfasst habe, ist die Tatsache, dass ich in drei Projekten sehr intensiv mit den Folgen des Nazi-Regimes und des zweiten Weltkrieges konfrontiert wurde. In Stadtallendorf waren es die Hochbunker, in denen Munition hergestellt und gelagert wurde. Ähnliches in der Sprengstofffabrik im Ortsteil Hirschhagen von Hessisch-Lichtenau. Extrem war die Besichtigung des Kalikombinats in dem Bergwerk Merkers im Werratal. Hier konnte ich bei schwachem Licht die „Zwangsarbeiter-Kojen" sehen, in denen teilweise noch zerschlissene Strohsäcke und sogar Kleidungsstücke und Schuhe zu sehen waren. In der Zeit der Nazis wurden in allen drei Werken Zwangsarbeiter beschäftigt.

Wie sorglos Menschen mit nicht mehr genutzten Gebäuden und Fabriken umgehen, konnte ich nach der Wende an einem stillgelegten alten Schacht beim Kaliwerk bei Sondershausen sehen. Ähnlich war es auch in Hirschhagen, die Verantwortlichen brachten sich selbst erst einmal in Sicherheit, und es ist ihnen völlig egal, was aus ihrem „Projekt" wird. In der Nähe von Sondershausen besuchte ich einen Klinkerbau, einen stillgelegten Schacht. Der Klinkerbau war auf einer Seite total offen, wahrscheinlich wurden hier die großen Fahrzeuge oder Teile dafür für den Kaliabbau in den Berg eingefahren. Ich stand am Rande des großen Schachtes, der mit einer Öffnung von rund sechs mal sechs Metern und einer Tiefe von mehr als 200 Metern ungesichert war. Zu meiner Überraschung war das ehemalige Schachtgebäude nicht abgesperrt. Es wuchs um das Gebäude allerlei Grünzeug, in dem Kinder spielten, die ich auf die Gefahr des Abstürzens hinwies. Sie wussten davon und gehen nicht so dicht an den Schacht. Vielleicht macht das das Spielen eben besonders reizvoll. Ich spielte früher in Berlin auch in Ruinen, obwohl es mir verboten war.

Schlüchtern

Als ich 1976 nach Schlüchtern kam, um im Rahmen der Altstadt-Sanierung die Modernisierungen der überwiegend vorhandenen Fachwerk-Häuser voranzutreiben, musste ich erst einmal Vertrauen zu den Eigentümern und Bewohnern aufbauen. Einige empfanden die nach dem Städtebauförderungsgesetz festgelegte Sanierung als totale Einmischung in ihr Privateigentum. Helfend kam für mich hinzu, dass ich einmal große Freude an der Arbeit mit den Bewohnern hatte und dass ich mit den Eigentümern, deren Häuser nach der vorausgegangenen Untersuchung im Sanierungsgebiet modernisiert werden sollten, eine Modernisierungsvereinbarung abschließen konnte. Diese Vereinbarung verpflichtete die Eigentümer, ihr Haus nach dem von ihnen vorgelegten und vom Sanierungsträger zugestimmten Plan zu modernisieren. Sie erhielten von uns den in der Vereinbarung festgelegten Zuschuss zur Modernisierung, der nach Baufortschritt ausgezahlt wurde. Die Zuschüsse konnten je nach Gebäude bis zu 30 % der Gesamtkosten betragen.

So nach und nach gelang es mir, in zwei Tagen pro Woche meiner Anwesenheit im Sanierungsgebiet einige Betroffene für die Modernisierung ihrer Häuser zu gewinnen. Oft hatten die Fachwerk-Häuser in den vergangenen Jahren eine Fassade aus sogenannten „Pappziegeln" oder „Asbestzementplatten" erhalten. Die Eigentümer waren meistens sehr stolz auf ihre dadurch veränderten Häuser. Ich sagte viel den Satz: „Das ist ja schön, dass Sie ihr Haus immer gut in Ordnung gehalten haben, aber könnten Sie sich vorstellen, dass Sie das Haus noch schöner gestalten würden und wir geben Ihnen noch einen Zuschuss dazu?" Daraufhin gelang es mitunter, die betreffenden Eigentümer von einer Modernisierung zu überzeugen.

Bei einer Familie wurde ich allerdings beim Klingeln an der Haustür und dem kurzen Öffnen der Tür fast die drei Stufen vor dem Haus hinuntergestoßen und mir wurde die Haustür vor der Nase zugeknallt. Die Eigentümerin zischte nur noch die Worte hervor: „Das ist ja wie im Kommunismus, wir können am Haus nichts machen ohne Ihre Zustimmung!" Sie war offensichtlich schon durch einige Bürgerversammlungen auf das Sanierungsgebiet eingestimmt und hatte erfahren, dass alle Veränderungen an den Häusern im Sanierungsgebiet der Genehmigung bedürfen. Hinzu kam noch die Zustimmung zu Grundstücksbeleihungen. Der Sanierungsträger gab seine Genehmigungen und Zustimmungen schriftlich an die entsprechende Kommune, die diese dann an die Eigentümer oder Architekten und auch Banken weiterleitete.

Von dieser Frau und ihrem Mann wollten wir auch ein kleines Grundstück für die durch das Bundesministerium für Raumordnung, Bauwesen und Städtebau geförderte Neubaumaßnahme erwerben. Auf dem Grundstück stand eine kleine Laube, die der achtzigjährige Mann noch regelmäßig nutzte. Sein Grundstück war ein Schlüsselgrundstück mitten auf dem Gelände, auf dem 32 Wohnungen errichtet werden sollten. Wir boten ihm an, ein Ersatzgrundstück mit ihm zu suchen und die Laube wieder darauf zu bauen. Doch leider gab es kein Grundstück so nah an seinem Wohnhaus. Er wollte uns das Grundstück nicht verkaufen. Ich erfuhr dann, dass er der noch beschäftigte „Totengräber" der Stadt war. Bei meinen Versuchen, ihn immer wieder zum Verkauf zu ermuntern, erzählte er mir: „Ich benötige die Laube, da lade ich immer Frauen zu einem Gläschen ein und um mit ihnen anschließend zu schmusen und ihnen unter den Rock zu fassen!"

Mit viel Glück und Freude an den Gesprächen mit ihnen gelang es mir, Vertrauen zu gewinnen. Die Frau überzeugte später auch ihren Mann, dass sie das Geld für das Grundstück, wenn sie das Haus verkaufen würden, gut für eine neue Eigentumswohnung verwenden könnten. So konnte der Kaufvertrag für das Laubengrundstück beim Notar in Auftrag gegeben werden und ich bemühte mich im Rahmen der Sanierung, einen Käufer für das Wohnhaus zu finden, was auch gelang. So mussten sie nicht selber das kleine Wohnhaus modernisieren, sondern kauften sich eine neue Eigentumswohnung.

Im Sanierungsgebiet hatten wir vor dem Rathaus einen "Gesprächsbrunnen" aufstellen lassen. Das ist ein kleiner Brunnen, an dem man sich bei langsam laufendem Wasser unterhalten kann. Diesen neuen Brunnen feierten wir immer im Herbst mit einem Brunnenfest, bei dem die örtliche Brauerei einen Aufsatz anfertigte, an dem Zapfhähne für das Bier angebracht wurden. Davor waren Biertischgarnituren aufgestellt. Während eines solchen Brunnenfestes sahen mich die beiden alten Leute, die inzwischen in ihrer neuen Wohnung wohnten, und rückten zusammen mit den Worten: "Herr Sielaff, kommen Sie zu uns und trinken Sie ein Bier mit uns!" Ich war angenehm berührt, nachdem ich von ihr schon mal fast die Treppe hintergestoßen worden wäre und als Kommunist beschimpft wurde.

In der Schmiedsgasse standen vier kleine, aber stark verfallene Fachwerkhäuser. Um genau zu prüfen, ob wir die Häuser abreißen lassen können, wurde ein Aufmaß mit möglichen Schäden des Bestandhauses erstellt. Diese Häuser hatten nur einen Kriechkeller, der ca. 1,50 m hoch war, und sehr schmale Treppen zum Obergeschoss. Um die Maße zu nehmen, mussten wir mit der Taschenlampe den Zollstock und das Notizbrett beleuchten. Mit einem Kollegen befanden wir uns mit unseren Utensilien in dem Kriechkeller und plötzlich sprang uns eine Ratte an, die sich durch unsere Arbeiten gestört fühlte. Wir waren noch mal gut davongekommen. Die Schäden an den Häusern waren so gravierend, dass wir beide einen Abbruch befürworteten. Wir hatten Glück, denn ein örtlicher Investor war bereit, an gleicher Stelle vier kleine Einfamilienhäuser zu errichten. Der Investor beauftragte einen Architekten, der die Fachwerkbalken der Abbruchhäuser in seine neue Fassade mit einbaute. So ist das mittelalterliche Straßenbild in der kleinen Gasse doch ziemlich erhalten geblieben.

Doch bevor mit den Neubauten begonnen werden konnte, mussten noch zwei bewohnte Häuser geräumt werden. Diese Häuser hatte die Stadt im Laufe der Jahre aufgekauft und vermietet. Es ist kein Geheimnis, dass Wohnhäuser im Stadtbesitz meistens einen sehr heruntergekommenen Zustand aufwiesen. Deshalb wurden diese Häuser oder auch Wohnungen fast immer an sehr sozialschwache Mieter vermietet. In dem einen Haus wohnte eine Familie mit drei Kindern, der Vater war Dachdecker. Wir fanden für diese Familie ein von der Größe passendes Haus in der Altstadt, nur in der Verlängerung der Gasse, das aber modernisiert werden musste. Dieses Haus machte ich dieser Familie schmackhaft, um es zu modernisieren. Vor allem könnte sie durch Eigenleistung bei dieser Modernisierung das Haus als Eigentum erwerben.

Die Familie war bereit dazu. Nur war in der Stadt bekannt, dass der Familienvater auch mal gerne einen über den Durst trank. Damit das Geld, welches wir über die Sanierungsträgerschaft in die Modernisierung geben wollten, nicht in andere Quellen floss, wurde vereinbart, dass alle Rechnungen über den Sanierungsträger liefen. Das bedeutete, die Familie bekam kein Geld in die Hand. Nun musste der Magistrat der Stadt überzeugt werden, meinem Vorschlag zu zustimmen. Doch die Mitglieder des Magistrats wollten nicht zustimmen, dass die Familie mit ihrer Eigenleistung bei der Modernisierung das Haus als Eigentum bekommt. Der Vater sei ein Trinker und würde nichts zustande bringen. Ich hatte Glück; denn ich sah diesen Dachdecker plötzlich auf dem Gerüst gegenüber des Magistrats-Sitzungssaals, wie er am Dach arbeitete. „ Bitte schauen Sie auf das Gerüst gegenüber, dort arbeitet dieser Dachdecker, dem wir das Haus in der Linsengasse anvertrauen wollen."

Das war der Durchbruch und der Magistrat stimmte zu! Nun musste ich nur sehen, dass die Arbeiten zügig begannen. Der Investor wollte mit dem inzwischen genehmigten Neubau beginnen. Da es kurz vor Ostern war, überzeugte ich die Familie, dass sie am Ostermontag mit dem Renovieren beginnen sollten; denn zuerst müssen nur Arbeiten im Innern des Hauses ausgeführt werden. Zu meiner Freude hat die Familie, und vor allem der Vater, zügig die Arbeiten durchgeführt. Die Materialrechnungen und die erforderlichen Fremdfirmen-Rechnungen erhielt ich und konnte sie anweisen lassen. Nach einigen Wochen „erstrahlte" das Haus von außen als ein schönes Fachwerkhaus und innen war es modernisiert. Die Familie war inzwischen eingezogen.

Für mich war es das erste Beispiel, wie man mit guter Begleitung einer Familie helfen konnte, aus der sozialschwachen Seite nachhaltig herauszukommen. Ich begriff dadurch das Wort: Sanieren bedeutet heilen. Mein Ziel als Sanierungsträger wurde immer deutlicher, wir helfen im Rahmen der Sanierung den Kommunen und wenn die Hilfe in dem Ort ankommt und weitergeführt wird, können wir uns zurückziehen.

Durch meine regelmäßigen Tage in der Stadt, entdeckte ich einen kleinen Ortsteil, der eingemeindet war. In diesem gab es vier Grundstücke, die nicht bebaut waren. Meine Überlegung, dort ein Ferienhaus zu bauen, um öfter dort am Wochenende zu wohnen, nahm immer mehr Gestalt an. So erwarb ich ein Grundstück in dem Ortsteil und begann mit der Errichtung des kleinen Holzhauses. Meine Aktivitäten sprachen sich natürlich bei den „Sanierungs-Kunden" herum. Sie wussten, dass ich am Wochenende an meinem kleinen Holzhaus arbeitete. Sie kamen oft, um mit mir über ihre Sanierungen zu reden. Eines Samstags stand ich auf den Dachsparren und nagelte Dachlatten fest. Da wollten wieder Sanierungswillige mit mir über ihr Haus reden. Ich schlug ihnen vor: "Geht nach vorne in die Gaststätte, ich komme in einer halben Stunde dorthin!"

In dem kleinen Ortsteil gab es damals noch zwei Gaststätten, heute leider keine mehr. Die eine Gaststätte wurde vom „Katje" geführt. Es war ein Treffpunkt der einheimischen Bewohner am Wochenende. Dort ging es manchmal sehr derb zu. Einem langhaarigen Neubürger, der auch als Kommunist galt, wurden nach einigen Bierchen mit einer Papierschere kurzerhand die Haare geschnitten. Ein Dorfbewohner, der auf dem von mir erworbenen Grundstück seinen

Mais anbaute, sagte mir: „Ein Dorf kann sehr grausam sein zu jemandem, der sich dagegenstellt".

Im Rahmen der Durchführung der ersten ökologisch vorbereiteten Flurbereinigung in Deutschland wurde ein Gutachten der Johann-Wolfgang-Goethe-Universität erarbeitet, es war einmalig und etwas ganz besonderes. Viele Ökologen und auch Studenten kamen dadurch öfters als „Fremde" in den kleinen Ort und tranken in den Gaststätten ihren Schoppen und aßen heimische Blut- und Leberwust sowie Schwartenmagen. Zur Vorstellung des Gutachtens erschien ein besonderer Gast, der damalige Hessische Sozialminister Schmitt in der Gaststätte „Katje". Sie fragte den damaligen Bürgermeister von Schlüchtern: „Was soll ich ihm besonderes zum Essen machen?" Die Empfehlung vom Bürgermeister kam prompt: „Am besten kochst du das, was du am besten kannst, deine normale Erbsensuppe mit Einlage." An dem verabredeten Tag ging das „Katje" extra zum Frisör und kam mit frisch ondulierten Haaren wieder, hatte keine Kittelschürze an, sondern ihr bestes Kleid. Der Sozialminister war von der Erbsensuppe so begeistert, dass er noch lange von dem Essen mit einer ordentlichen Fleischeinlage schwärmte.

In dem kleinen Ort konnte ich auch Erfahrungen als Ortsvorsteher sammeln. Es war zu einer Zeit, als die ehemaligen Ortsvorsteher, es waren sogar Brüder, nicht gut aufeinander zu sprechen waren. In dem Dorf mit rund 200 Einwohnern gab es damals zwei Wandervereine und eine Trennung von Oberdorf zu Unterdorf. Sie besuchten ihre kleinen Feste nicht gegenseitig. Ich wurde von der einen Gruppe zum Ortsvorsteher vorgeschlagen. Die andere Gruppe wollte aber, dass der alte Ortsvorsteher wieder das Sagen hätte. Kurz vor der damaligen Kommunalwahl sind die beiden Kontrahenten noch mit Knüppeln aufeinander losgegangen. Die Arbeit im Ortsbeirat war dadurch sehr schwierig. Mir wurde immer vorgehalten, ich wüsste ja gar nicht, was hier in den früheren Jahren geschehen sei, ich hätte ja gar keine Ahnung. Auf Sitzungen im Ortsbeirat habe ich mich mehr vorbereiten müssen, als in meinem Berufsleben.

Es gab tatsächlich vor Jahren einen besonderen Vorfall, eine sozial schwache Familie wurde dem Dorf zugewiesen. Damals gab es noch einen eigenen Bürgermeister, denn das Dorf war noch nicht eingemeindet. Für diese besagte Familie mussten die Bewohner des Ortes die Fundamente für eine Wohnbaracke betonieren. Nun waren die Sozialschwachen nicht gerade hilfsbereit. Im Gegenteil, sie machten sich über die Bewohner des Dorfes, die für sie arbeiteten, lustig. Da platzte den Helfenden der Kragen und sie vertrieben mit landwirtschaftlichen Geräten wie Äxte, Hacken, Harken und Rechen die Familie mit ihren Kindern aus dem Ort. Die Familie ließ sich das nicht gefallen und klagte auf Hausfriedensbruch. Zwölf der Ortsbewohner wurden sogar auf Bewährung verurteilt. Über diesen Vorfall hatte damals sogar die Bildzeitung berichtet.

Trotz der Probleme, die die Bewohner des Dorfes untereinander hatten, konnte ich sie verstehen. Sie hatten, wie in vielen kleinen Orten, einfach Angst vor Neuem und Unbekanntem. Da kommt so einer aus dem Rhein-Main-Gebiet, früher sogar aus Berlin, in das Dorf und macht Vorschläge, wie man das Dorf zusammenhält und vielleicht sogar für Touristen und Besucher attraktiv machen kann. Für einige Menschen im Dorf war ich mit meinen Ideen und Vorschlägen für die Entwicklung des Ortes viele Jahre im Voraus.

Für die Mitarbeit an Veränderungen und Verbesserungen zu Gunsten ihres Dorfes sind die Bewohner allerdings sehr schwer zu motivieren.

Einige Freunde von mir konnten allerdings auch nicht verstehen, wie ich als Großstädter in so ein Dorf mit 200 Einwohnern ziehen konnte. Die landschaftliche Umgebung des Dorfes ist aber einfach sehr schön. Es ist ein „Sackdorf", es gibt nur eine Zufahrtsstraße und jeder, der dort hineinfährt, muss auf dem gleichen Wege wieder hinaus. Ein alter Nachbar sagte mir, dass das eben ein Vorteil wäre, dadurch würden keine Einbrecher in den Ort kommen. Sie müssten ja auf dem gleichen Weg zurück, und das machen Diebe nicht. So kann man getrost die Tür unverschlossen lassen. Ich hatte einmal ein Fenster im Erdgeschoss vergessen zu schließen, als ich für fünf Tage auf Dienstreise ging. Es stand weit offen. Ich hatte nur gehofft, dass eingestiegene Tiere keine Spuren hinterlassen. Die schöne Tallage mit den blühenden Obstbäumen und im Herbst mit dem farbigen Wald, ein Ort, wo man Werkzeug und anderes dort wiederfindet, wo man es mal hingelegt hat, haben mich veranlasst, diesen Ort als „das Paradies Mitte" zu bezeichnen.

Als mein Hauptabteilungsleiter in Wiesbaden von meinen Aktivitäten über die Sanierung am Wochenende erfuhr, konnte er verstehen, dass ich in dem Ort eine gute Vertrauensbasis erarbeitet hatte. Er wurde einmal Zeuge, wie ich vor dem Rathaus vom Fahrrad stieg und mich gleich zwei „Sanierungs-Kunden" ansprachen, um mit mir einen Termin zu verabreden.

Von den Vorbereitungen für die bereits angesprochene Versuchs- und Vergleichs-Baumaßname gibt es einiges zu berichten. Nicht nur das kleine Lauben-grundstück mussten wir erwerben, sondern eine komplette Wagnerei (Stellmacherei) mit kleinem Wohnhaus. Der Wagner stellte früher die Holzspeichenräder für Kutschen, Heuwagen und andere landwirtschaftliche Fahrzeuge her. Er zeigte mir bei einem ersten Besuch stolz seine noch voll funktionsfähige Werkstatt. Alle sechs Holzbearbeitungs-Maschinen wurden mit Transmissionsriemen angetrieben. Diese hingen an der Decke und wurden über eine aufwendige Konstruktion umgelenkt und an die entsprechenden Maschinen geführt. Als alle Maschinen angeschaltet und mit Energie über die Riemen versorgt waren, klang die ganze Werkstatt wie ein großes Orchester.

Die Augen des Wagners strahlten als ich neugierig seinen Erzählungen folgte. Allerdings sagte er auch, dass sein Beruf keine Zukunft mehr habe und mit seinen 72 Jahren arbeitet er eben nicht mehr in der Werkstatt. Für den Eigenbedarf hat er noch manchmal die Bandsäge und die Hobelmaschine benutzt. Er war bereit, uns im Rahmen der Sanierung seine Werkstatt mit allen Gebäuden zu verkaufen. Wir ließen über den Gutachterausschuss des Main-Kinzig-Kreises ein entsprechendes Gutachten erstellen. Beim Notar wurde ein Grundstückskaufvertrag abgeschlossen.

Über mehrere Monate versuchte ich, diese komplett erhaltene Wagnerei in einem Heimatmuseum oder ähnlich unterzubringen. Leider ist mir dies nicht gelungen. So musste ich eine Abbruchfirma ermitteln und ließ mir mehrere Angebote vorlegen, wir sollten ja ein Neubaugebiet mit mehreren Wohnungen und vier Einfamilienhäusern errichten. Die preiswerteste Abbruchfirma für diese Arbeiten wurde beauftragt.

Am Morgen des festgelegten Abbruch-Termins kam ich gegen 8:00 Uhr auf das Gelände. Von Nachbarn erfuhr ich, dass der ehemalige Eigentümer um 6:00 Uhr bereits in seiner Werkstatt war, um sich mit Tränen von ihr zu verabschieden. In dem kleinen Wohn-Gebäude nebenan, wurde er vor 72 Jahren geboren, sein Vater hatte die Wagnerei bereits damals schon errichtet. Es hat mich sehr berührt, aber mir war auch klar: Alles verändert sich und es kommt immer etwas Neues.

Für den ehemaligen Besitzer der Wagnerei und seine Frau begann das Neue bereits unmittelbar nach dem Abbruch; denn sie zogen in einen Neubau, den der Sohn mit der Schwiegertochter errichtet hatte. Das Startkapital für dieses Wohnhaus bestand eigentlich nur aus dem Verkaufserlös der Wagnerei. Sie waren stolz, dass sie ihrem Sohn das neue Wohnhaus ermöglichen konnten. Sie sollten in dem Wohnhaus eine entsprechende Einliegerwohnung beziehen. Dies war wohl auch der Grund, dass wir sehr zügig die Verkaufsbereitschaft erhielten. Ungefähr ein halbes Jahr später erfuhr ich, dass er sehr krank geworden ist. Sein Abschied von der Wagnerei hat ihn wohl doch stärker getroffen, als er es nach außen zugab. Mit einem Blumenstrauß machte ich bei ihm einen Krankenbesuch. Seine Frau führte mich in einen Kellerraum. Ich war entsetzt, es war ihr Schlafzimmer mit einem Kellerlichtschacht-Fenster. Die Eltern haben das Haus ihres Sohnes finanziert und leben selber nur in einer Kellerwohnung. Meinem Ärgernis über diese in meinen Augen Unverschämtheit musste ich Luft machen und habe den Sohn entsprechend angesprochen. Ohne das Geld der Eltern wäre er nie zu einem eigenen Haus gekommen. Seine Eltern hätten aber eine angemessene und entsprechende Einlieger-Wohnung verdient.

Mit der Versuchs- und Vergleichs-Baumaßnahme wollte das Bundesministerium für Raumordnung, Bauwesen und Städtebau Erfahrungen mit der Mieterbeteiligung und der Energieeinsparung erlangen. Wir bereiteten 1976 einen eingeschränkten Städtebaulichen Architektur-Wettbewerb vor, den wir mit der Hessischen Architektenkammer absprachen. Es wurden sechs Architekturbüros zum Wettbewerb eingeladen. Die Planer aus Darmstadt gingen als erste Preisträger hervor, die später auch die Ausführung der Planung durchführten. Zwei Erfahrungen sollten besonders untersucht werden: Grenzen und Möglichkeiten der Mieterbeteiligung und der Einbau einer Wärmepumpenanlage zur Energieeinsparung.

Insgesamt 60 Bewerber gab es für die Mietwohnungen der Versuchs- und Vergleichs-Baumaßnahme in Schlüchtern. Es sollten besondere Personengruppen wie Sanierungsverdrängte, ältere Menschen, kinderreiche Familien, solche mit behinderten Angehörigen bei der Belegung berücksichtigt werden. Aber nur 30 Bewerber konnten wir in den zu schaffenden 1 ½ bis 4 Zimmer-Wohnungen unterbringen. Gegen den Widerstand aus dem Magistrat haben wir eine nette Wienerin als Mieterin bevorzugt, da sie bereit war, auf Kinder von anderen Familien in der kleinen Wohnanlage - als Ersatz-Oma - aufzupassen. „Die ist ja liebevoller als meine eigene Mutter zu meinen Kindern", sagte eine Mutter später zu uns. Wir und die Bewohner der Mauerwiese durften in der Adventszeit ihre Vanille-Kipferl kosten, sie waren Weltklasse.
Mit der begleitenden Gesellschaft für Stadtplanung und Kommunalberatung aus Frankfurt Main konnten

wir im Sinne der Vorgaben vom Bonner Ministerium durchsetzen, die entsprechenden Mieter auszusuchen und nicht nach dem vereinzelten Wunsch des Magistrats bestimmte Bewerber zu berücksichtigen. Wir führten oft sehr persönliche Gespräche in der Küche der Bewerber. Nicht dass mir die Menschen zu Freunden wurden, aber ich lernte ihre Probleme kennen. Die ausgewählten Mieter waren stolz, mir und anderen den Baufortschritt ihrer zukünftigen Wohnung zu zeigen. Sie durften sich für ihre Wohnung die Tapeten, Farben und sogar Türen und Wand- und Fußboden-Gestaltungen aussuchen. In den Vorgesprächen lernten sich die Mieter auch untereinander schon kennen und regten sich gegenseitig an. Auf dem Richtfest konnte ich eine zukünftige Mieterin beobachten, die sich verhielt, als ginge sie in ihre eigene Wohnungs-Baustelle. Diese Vorbereitung führte zu einer besonderen Identität der Bewohner mit ihrer Mietwohnung.

Wir führten viele Gespräche mit den Menschen im Sanierungsgebiet, die Häuser oder Grundstücke verkaufen sollten, um teilweise in neue gebaute Wohnungen u.a. die Versuchs- und Vergleichs-Baumaßnahme zu ziehen. Einige Wort-Skizzen:

- Die Alteigentümer im Sanierungsgebiet sind oft wegen persönlicher Kleinigkeiten über die Stadtverwaltung verärgert.
- Nach dem Klingeln wurde mir die Tür sogar vor der Nase zugeknallt.
- Mehrere neue Versuche waren erforderlich, um wieder ein konstruktives Gespräch mit den Eigentümern zu ermöglichen.
- Oft waren dies sehr persönliche Gespräche in der Küche, bis wieder die Bereitschaft entstand, über den Grunderwerb oder die Modernisierung zu reden.

Manchmal musste der Umweg über Gespräche mit Kindern oder Verwandten gegangen werden.

- Dabei lernte ich oft deren dringendste Probleme kennen und wurde so langsam zu ihrem Vertrauten.
- Einmal wurde die letzte Scheune des Eigentümers nur fünf Minuten nach der Vertragsunterschrift abgebrochen, wobei die Abstimmung mit dem Eigentümer natürlich einvernehmlich vorher erfolgte.
- Durch die langsam wachsende Vertrautheit veränderte sich die allgemeine negative Stimmung. So kam es schon mal vor, dass ich nach den Verhandlungen zu einem Bier eingeladen wurde.
- Letzten Endes kam bei den Verkäufern sogar Zufriedenheit auf, da sie merkten, dass sie auch nach dem Verkauf nicht allein gelassen wurden.
- Dennoch blieben viele kleine Probleme und Unterstützung war nötig, um die „Trennungswunden" zu heilen.
- Die Altbewohner habe ich in ihren neuen Wohnungen kurz besucht, um zu sehen, ob alles in Ordnung ist.
- Mieter durch den Rohbau führen. Sie bekommen dadurch das Verständnis für „ihren Bau" bzw. „ihre Wohnung".
- Die zukünftigen Mieter wurden in Gruppen zu Nachbarschaftsbesprechungen über Materialen und Farben eingeladen.
- Oft regten sich die Mieter gegenseitig durch die Wünsche des anderen an. Manchmal sollte ich als Architekt für sie entscheiden. Wenn ich dann sagte, „die meisten nehmen das und das...!" wurde gesagt, „ Dann nehme ich das auch!"
- Da sich die Mieter bereits vor dem Einzug kannten, war dies die beste Voraussetzung für ein späteres gutes Nachbarschaftsverhältnis.

- Nach dem Einzug hatten viele Mieter das Bedürfnis, mir ihre neue eingerichtete Wohnung zu zeigen. Sie wollten mich teilhaben lassen an ihrer Freude.
- „Wenn Sie mich hier nicht rausschmeißen, gehe ich hier nie wieder raus, höchstens im Sarg!"
- Nachbarn backen zu besonderen Feiern füreinander Kuchen und nehmen Post für den anderen an.
- Ich habe beim Besuch in der Siedlung das Gefühl, ich werde von Freunden begrüßt, die mit mir eben mal auch ein Bier trinken möchten. Leider reicht dafür die Zeit meistens nicht aus.

Im Gegensatz zu meinen früheren Planungen, wo ich eigentlich nie einen zukünftigen Mieter kennenlernte, hatte ich bei diesem Bauvorhaben einen ganz direkten Kontakt, was bei mir dazu führte, dass ich viel bewusster und sensibler Entscheidungen beim Bau treffen konnte. Zu einigen Wohnungen gehörten kleine Gärten, die sehr individuell bepflanzt, allerdings nach Vorgaben des Gartenarchitekten, und später auch gepflegt wurden. Andere Mieter bepflanzten diese kleinen Gartenflächen mit Salat, Kohlrabi, Blumen und Büschen, was sie eigentlich gar nicht vorhatten. Die Eltern eines behinderten Kindes sagten begeistert, dass ihr Sohn viel selbständiger und zufriedener in der schönen Wohnanlage sei, er geht jetzt überall alleine hin. Zwischen den Wohnungen und Häusern wurde eine freie Fläche für alle, Fußgänger und Autos, geschaffen.

Zur Vorbereitung der Einweihungsfeier der Mieterversammlung im Freien kamen fast alle. Diese Einweihungsfeier war auch für die Schlüchterner ein großes Fest.
Zu Beginn wurde ich von einem jungen Reporter des Hessischen Rundfunks über die Versuchs- und Vergleichs- Baumaßnahme befragt. Das Interview wurde

später in den Berichten aus Hessen gesendet. Eine weitere Gruppe von Journalisten und Kamera-Leuten, sie waren vom ZDF, sagten aber sofort einschränkend: „Wir werden die Einweihungsfeier filmen, aber ob wir sie senden dürfen, ist sehr ungewiss, denn diese Einweihung ist ja sehr positiv besetzt!" Es regierte die damalige Sozialliberale Koalition und der Minister des Bundesministeriums für Raumordnung, Bauwesen und Städtebau war ein SPD-Mitglied. Die Stimmungswerte dieser Regierung waren in der letzten Zeit vor der Einweihung sehr negativ. Übrigens, die gefilmte Einweihungsfeier mit Interviews der zukünftigen Bewohner und einer ausführlichen Erläuterung der Versuchs- und Vergleichs-Baumaßnahme wurde leider nie im ZDF gesendet.

Die Einweihungsfeier begann so gegen 12:30 Uhr mit einigen Reden. Dort sprachen neben dem Staatssekretär des Bonner Ministeriums der Bürgermeister, einige Vertreter der Baufirmen, wir von der Planungsgruppe und künftige Mieter. Bis 14:00 Uhr wurde Freibier und für Kinder Limonade ausgeschenkt. Die Freiwillige Feuerwehr stellte ihre „Gulaschkanone" zur Verfügung und es gab Erbsensuppe für alle. Das Wetter war uns sehr gewogen, wir hatten nur Sonne und die Stimmung war hervorragend. Zu der Einweihungsfeier kamen fast 600 Personen aus Schlüchtern, sie alle hielten bis in die Abendstunden aus. Da ab 14:00 Uhr das Bier nicht mehr kostenlos ausgegeben wurde, hielten sich die Gesamtkosten einschließlich der Erbsensuppe, die uns ein Restaurant lieferte, bei 500 €. Es war das preiswerteste Einweihungsfest in meiner beruflichen Laufbahn.

Die andere Aufgabe mit der Energieeinsparung drohte nicht so richtig voranzukommen. Das erste Problem war die Tiefenbohrung. Das hochgepumpte Grundwasser in der Wärmepumpe sollte runtergekühlt werden. Von drei bis vier Grad Reduzierung sollte die Heizenergie durch einen Wärmetauscher erreicht werden. Das gekühlte Grundwasser sollte wieder dem Grundwasser zurückgeführt werden. Bei der Bohrung begannen die Probleme. Es wurde in 40 Metern Tiefe kein Grundwasser gefunden, in 50 Metern Tiefe, in 60 Metern Tiefe und in 70 Metern Tiefe ebenso. Die Aktion war kurz vor dem Abbruch als schließlich das erlösende Telefonat kam: Bei 90 Metern war das Grundwasser erreicht. Es gab zusätzlich noch eine Überraschung: Das Wasser kam von selbst den Bohrschacht empor. Es war ein „artesischer Brunnen", durch die umliegenden Berge des Bergwinkels wurde das Wasser regelrecht hochgedrückt. So konnten wir die Pumpkosten bei der Energieerzeugung einsparen. Doch die riesige Wärmepumpe, groß wie ein Schiffsdiesel, hatte starke Anlauf-Schwierigkeiten und wurde deshalb häufig abgeschaltet. Als Ersatz musste auf die zusätzlichen mit Gas betriebenen Kessel ausgewichen werden. Dies führte zu hohen Heizkosten der Mieter, was nach einigen Jahren zum gänzlichen Ausbau der Wärmepumpe führte.

Eines Tages kam ein junger Mann ins Sanierungsbüro, um mir seine Pläne für die Gaststätte zu erläutern, die er in einem alten Fachwerkhaus errichten wollte. Es erstaunte ihn nicht schlecht, dass ich für seine Ideen sehr aufgeschlossen war. Ich unterstützte ihn, denn eine Gaststätte belebt eine Altstadt sehr deutlich, vor allem, wenn sie von jungen Menschen angenommen wird. Unter anderem gehörte bereits ein Fachwerkhaus in der Altstadt der Stadt und wir als Sanierungsträger sollten dies einer neuen Nutzung zuführen. Interessanterweise gehörte dazu eine Durchfahrt, die

zwei Häuser gemeinsam nutzten, diese war bereits im Eigentum der Hessischen Landesentwicklungs- und Treuhand-Gesellschaft, unserer Muttergesellschaft. So mussten wir nur das Nebenhaus noch erwerben, welches ich bald darauf besichtigte und meine Überraschung war groß: Im Dachraum zwischen aufgehängter Wäsche standen jede Menge Schüsseln und Eimer zum Auffangen des durch das Dach hereintropfenden Regenwassers. „Das ist schon seit Jahren so", ergänzte der Eigentümer. Eine Nachbarin, die mich aus dem Haus kommen sah, führte mich zu einem Straßengully: "Sehen Sie die weißen Spuren auf dem Gully!", das kommt vom Ausleeren der Abwassereimer, die der Nachbar immer morgens hier ausleert". Mein Nachfragen in der Stadtverwaltung ergab, dass dieses Haus einfach nicht an die Kanalisation angeschlossen war. Auf die Aufforderungs-Schreiben der Stadtverwaltung als der Abwasserkanal gelegt wurde, ist nie geantwortet worden und so fiel das Haus einfach durch das Raster
bzw. blieb unerledigt in der Akte.

Der Eigentümer war bereit, uns das Fachwerkhaus nach dem Gutachten des Gutachterausschuss des Main-Kinzig-Kreises zu veräußern. Von dem Eigentümer gibt es noch nette Geschichten. Er war sehr klein und hatte eine viel größere, etwas einfache Frau. Wenn er seiner Frau eine Ohrfeige geben wollte, stieg er auf einen Stuhl und befahl ihr, dass sie stehen bleiben sollte, was sie auch befolgte, und er ohrfeigte sie. Außerdem gab es in der sogenannten Hexennacht (30. April, 1. Mai) u.a. den Brauch: Paare, die eine feste Bindung, aber mit Freund oder Freundin ein Verhältnis hatten, die Wegeverbindung in der Stadt von Haus zu Haus mit Sägemehl abzustreuen. So eine Freundin hatte eben auch dieser Eigentümer und eines morgens konnte jeder, der über den Startplatz ging, die vom Haus des besagten Eigentümers gelegte Sägemehlspur bis in die gegenüberliegende Gasse verfolgen.

Bevor mit den Sanierungsarbeiten für die geplante Gaststätte begonnen werden konnte, musste ich aber noch eine Schwierigkeit lösen. Ein anderes, dahinter liegendes Grundstück des Nachbarn hatte das Recht eingetragen, dass er seine vier Schafe durch die Hofeinfahrt in seine Scheune führen darf. Dies geschah nur zweimal im Jahr. Es erschien mir einfach; denn die Scheune lag an einer freien Fläche des Nebengrundstücks, doch davor stand ein Holzschuppen, der irgendwie an anderer Stelle wieder errichtet werden musste. Dafür mussten sehr eingehende Gespräche und Vereinbarungen getroffen werden. Aber mit Geduld und Ausdauer konnten die beiden Häuser mit der Durchfahrt an den jungen Mann, der die Gaststätte eröffnen wollte, verkauft und schließlich mit der Sanierung begonnen werden.

In dem erworbenen Haus entstand eine Gaststätte, wie sie bisher in Schlüchtern noch nicht existierte, der Heideküppel. Der neue Eigentümer hatte mit seinen Freunden unermüdlich die beiden alten Fachwerkhäuser modernisiert, fast alles in Eigenarbeit. Ein zerstörter Balken, der ausgewechselt werden musste, ließ ihn nicht verzweifeln. Seine Freunde waren handwerklich sehr begabt, darunter war ein Schreiner, der die Sitzbänke und die Tische genau den schiefen Wänden des Fachwerkhauses anpasste. Dadurch wirkte die fertige Gaststätte besonders einladend, alles war handwerklich gestaltet und gefertigt. Dieser Heideküppel wurde von jungen Menschen besonders angenommen. Hier trafen sie sich am Abend, um über sich und die Welt zu diskutieren. Es wurde ein Ort zum regelmäßigen Treffen der Menschen, die in Schlüchtern als Alternative bezeichnet wurden. Nach sportlichem Training und nach Klasseneltern-Versammlungen traf man sich ebenfalls hier. Schließlich wurde er so bekannt, dass er auch viele auswärtige Gäste mit kleinen, der Jahreszeit entsprechenden Speisen und Getränken bewirten konnte. Der Heideküppel war der Treffpunkt in Schlüchtern schlechthin und er konnte seine Stellung bis in die heutige Zeit halten.

Das neben dem zu sanierenden Gebäude befindliche Altstadtensemble sollte ebenfalls eine neue Nutzung und Modernisierung erfahren. Wir besprachen das Projekt mit interessierten Architekten, die gar nicht abgeneigt waren, das Risiko eines noch unklaren Abenteuers einzugehen. Doch nach einigen Wochen gab es eine Absage. So übergaben wir das Projekt einem in Schlüchtern ansässigem Makler. Dieser warb für das zu modernisierende Projekt, an dem auch ein Neubau als Erweiterung errichtet werden konnte. Ich hatte ihm wohl bei der Begehung des Objektes mit Worten und Gesten die Möglichkeiten der Modernisierung versucht näher zu bringen. Meine Art war ihm zu schnell und er sagte, er kenne zwei Architekten, mit denen werde er es noch mal besprechen und dann sehen, wem er das Objekt anbieten könne. Der Zufall wollte es, es waren die gleichen Menschen, denen ich das Objekt schon angeboten hatte. Nach längerem Zögern waren sie schließlich bereit, das Abenteuer mit dem Projekt einzugehen. Sie bekamen nach der abgeschlossenen Modernisierungsvereinbarung auch finanzielle Hilfen aus Mitteln der Altstadtsanierung und schafften eine Haus-Modernisierung für ihre Familie und mit zwei kleinen Mietwohnungen in den Obergeschossen.

Der Besuch der Gaststätte Lasch war für alteingesessene Schlüchterner und nach den Magistratssitzungen für die Mitglieder des Magistrats ein besonderes Anliegen. Es lag an dem Wirt, der war das Besondere. Er war ein Schlüchterner Original und wurde Lasch genannt. Es war fast Ehrensache, zu den Bieren meistens Hausmacher Schwartenmagen, oder frische Blut- und Leberwurst zu bestellen. Nun durften Stammgäste, eigentlich waren es ja alle, sich ihr Bier auch mal selber zapfen, wenn der Wirt in der Küche war. Er hatte zwei Häuser weiter sein kleines Schlachthaus. Wenn er für seinen Metzgerladen mit einem Eimer frische Ware aus seinem Schlachthaus holte, hinkte er hinüber - er hatte ein Holzbein. Auf dem Rückweg war der Eimer mit einem Handtuch abgedeckt und im Laden war der freundliche Wirt als Verkäufer immer bereit, seine selbst hergestellten „Schätze" wieder abzugeben. Zu Fußball-Übertragungen, meistens der Bundesliga, private Fernsehsender existierten noch nicht, war seine kleine Gaststätte immer sehr voll mit Gästen besetzt. Der Fernsehapparat stand über der Eingangstür auf einem dafür angebrachten Regalbrett. Meistens hatte der Wirt seinen Stuhl direkt davor platziert, so dass er die Spiele gut verfolgen konnte. Wenn ein Gast hereinkam, der die Gepflogenheiten nicht kannte, und setzte sich auf den vorderen freien Stuhl, wurde der Wirt ungemütlich: „Runter da, das ist mein Stuhl!" Alle im Lokal lachten, denn es kam öfters vor, dass der Stuhl von einem Fremden besetzt wurde.

Anlässlich einer Tagung der Architektenkammer in Schlüchtern waren wir Teilnehmer ebenfalls beim Lasch und wieder auf dem Rückweg zu unseren Autos. Mit von der Partie war ein Architekt aus Hanau. Vor meinen Füßen lag unvermittelt plötzlich eine Cola Dose. Ich schoss die Dose wie einen kleinen Fußball weiter nach vorne und der Architekt aus Hanau antwortete mit einem Schuss. Ich rannte hinter der Cola Dose her und er rannte ebenfalls. Nun ergab sich ein kleines Cola-Dosen-Dribbling. Dabei stellte ich wohl mein Bein etwas arg nach vorne und mein „Mitkicker" stolperte über mein ausgestrecktes Bein. Er legte eine gekonnte Rolle auf dem Pflaster hin und er verletzte sich nicht. Ich sagte nur anerkennend: „Tolle Leistung, Sie sind im guten Training".

Ich hatte bereits erwähnt, dass ich durch die Aufgaben für die Sanierung in Schlüchtern Lust bekommen habe, in einem Ortsteil ein Ferienhaus zu errichten. Dass daraus später mein einziges und richtiges Wohnhaus wurde, ahnte ich damals noch nicht. Es war eine spannende und außergewöhnliche Zeit, die fast zwei Jahre in Anspruch nahm. Es fing mit dem Abmähen des inzwischen über ein Meter hohen wilden Bewuchses an. Ein netter Mitarbeiter der Stadtverwaltung wies mich darauf hin, dass ich im November des Vorjahres die landwirtschaftlichen Pachtverträge kündigen muss, damit die Flächen nicht mehr neu bestellt werden. Was ich natürlich auch tat. Da ich nicht viel Geld hatte, sparte ich mir einen Bauwagen bzw. eine Bauhütte.

Ich übernachtete in einem Apsis Zelt und hatte mir ein sogenanntes Versorgungszelt, allerdings ohne Boden daneben gestellt. In den Sommermonaten war das kein Problem, aber da ich auch bis in den Winter alleine auf meiner kleinen Baustelle arbeitete, gab es in den kalten und nassen Nächten ein echtes Überlebens Training. Manchmal lag auf dem Zelt morgens richtiger Raureif und die Zeltplane war übermäßig glatt gespannt. Das Wasser für das Zähneputzen hatte dann eine Eisschicht. Bis ich das Feuer in der Feuerstelle angemacht hatte, dauerte es natürlich. In den kalten Nächten schlief ich manchmal auf drei Schaumstoff-Matratzen und in einem dicken Schlafsack mit drei Decken darauf. Aber diese einmalige Erfahrung beim eigenen Bauvorhaben möchte ich nicht mehr missen. Nur manchmal, wenn ich eine Hilfe zum Halten benötigt hätte, und ich mir irgendwelche Hilfskonstruktionen überlegte, vermisste ich eben freundliche Helfer. In der Anfangszeit half mir ein ehemaliger Nachbar aus einer früheren Stadtwohnung. Er hatte einen Hund, Piefke, der dann nachts ebenfalls mit in unserem Zelt schlief. Nur hatte Piefke eine sehr unangenehme Eigenschaft, er hatte unheimliche Blähungen, die sehr stark rochen. Piefke aber schlief fast immer mit der Schnauze außerhalb der unten leicht geöffneten Zeltplane und ließ seine Düfte in unsere Zeltmitte.

Nachdem bereits das Dach auf dem neu errichteten Fachwerkhaus mit Tonziegeln gedeckt war und ich das erste Silvesterfest in der Nähe von Schlüchtern verbrachte, baute ich mein Zelt im Keller des Hauses auf. Ich wollte einfach herausfinden, ob es mir bei nicht so kalten Temperaturen gelingt, die Nächte weiter im Rohbau auf der Baustelle zu verbringen. Es bedurfte aber der gleichen Anzahl Matratzen und Schlafsäcke wie draußen, nur lag jetzt alles auf Holzpaletten. Der Betonboden war einfach zu kalt. Trotzdem war es schön, morgens auf dem eigenen Grundstück wach zu werden und gleich mit den Arbeiten zu beginnen. Ein eigenes Grundstück hatte ich noch nie und somit auch kein eigenes Haus darauf. Bisher wohnte ich nur in gemieteten Wohnungen. Dieses neue Gefühl als Eigentümer machte mich einfach stolz.

Da mein Haus als Fachwerkhaus neu erstellt wurde und ich oft nur an den Wochenenden weiter arbeitete, bekam ich die Meinung mancher Dorfbewohner immer brühwarm erzählt. Das Fachwerk stand einige Wochen nur so wie ein Holzgerüst da. „Mein Haus würde ja nur so groß wie ein Hühnerstall!" Irgendwie war ich ein Exot für das Dorf. Auf meiner Feuerstelle versorgte ich mich mit dem nötigen warmen Wasser für den Tee oder für gekochte Eier und Kartoffeln, manchmal habe ich mir sogar Fleisch auf der Pfanne gebraten. Es schmeckte alles besonders gut. Eines morgens wollte ich meinen bevorrateten Käse und den gekochten Schinken auf mein Brot legen. Aber Pustekuchen, von dem, was ich in meinem Vorratszelt auf einem Teller, sogar mit einem weiteren Teller abgedeckt, auf dem Tisch deponiert hatte, war weg. Der obere Teller war leicht verschoben und darunter alles leer. Meine Vermutung, dass es der Igel, den ich nachts auf meinem Grundstück sah und hörte, oder eher eine Katze war, die es sich schmecken ließen, konnte ich nicht genau klären. Zukünftig bewahrte ich meine Lebensmittelvorräte in einer Plastikdose auf.

Da mein Holz-Fachwerk-Gestell mehrere Monate offen aber mit dem gedeckten Dach so dastand, konnte seitlicher Gewitter-Regen ungestört auf den Betonboden prasseln. So fand ich eines Tages nach einem ordentlichen Gewitter aus der Südostrichtung   eine ca.15 cm hohe Wasserfläche vor. Mein netter Nachbar empfahl mir, meine mit Pappe abgedichtete, unten gemauerte Schicht einfach aufzustemmen, damit das Wasser abfließen könne. Diesen Rat befolgte ich nicht, damit später, nach dem Verfüllen der Baugrube, nicht wieder Erdwasser oder Schichtwasser in das Haus eindringen kann. So schöpfte ich mit Eimern so nach und nach das ungewollte Wasser wieder aus dem späteren Keller und das warme Wetter ließ den Rest verdunsten, hilfreich war dabei der Wind, der noch ordentlich durch das „Holzgestell" pusten konnte.

Die Feuerstelle im Garten, einfach aus einer Lage Keller-Betonsteinen errichtet, hat mich noch viele Jahre erfreut. Sie diente als Grillstelle und bei Sommerfesten für das offene Feuer. Während der Ausbauphase saß ich mit Freunden um die Feuerstelle und einer entdeckte vier Meter lange Papprollen, auf denen die Teppiche aufgerollt waren. Er nahm meine Mistforke und piekte sie seitlich in die Papprolle. Das Feuer brannte mit den Holzresten der Baustelle schon ganz prächtig. Nun hielt mein Freund die lange Papprolle mit der Gabel über das Feuer. Es brauchte einige Minuten, bis die Papprolle langsam von unten anfing zu brennen. Zu unser aller Überraschung entwickelten sich die Flammen in der Papprolle erst langsam und dann schlugen die Flammen aus der Papprolle bis zu vier Metern Höhe heraus. Dabei hörten wir ein unheimlich starkes Rauschen, eher ein Heulen wie im Wind, am oberen Ende der Rolle. Dieses einmalige Schauspiel gefiel uns so, dass wir die weiteren Papprollen heranholten und ebenfalls so abbrannten, dabei fielen die Papprollen so nach und nach in sich im Feuer zusammen.

An einem Wochenende während der Bauzeit an meinem kleinen Haus hatte ich am Samstag Termine, die mich nicht auf der Baustelle sein ließen. Meine Töchter waren mit ihren Freunden an diesem Wochenende im Garten und hatten weitere Zelte aufgestellt. Sie wussten von meinem Termin und freuten sich auf ein ungestörtes Erlebnis-Wochenende. Ein Freund der Töchter kam mit seiner Gitarre und sie hatten sich Haschplätzchen mitgebracht. Am Lagerfeuer grillten und tranken sie, natürlich verzehrten sie auch ihre Haschplätzchen. Sie sangen zur Gitarre und zu späterer Stunde wurde das Singen immer „anderster", wie man hier sagt. Tage später wurde ich von Mitarbeitern im Rathaus gefragt, ob ich Indianer auf meinem Grundstück gehabt hätte, es klang so wie Indianer-Geheul! Sogar der damalige Bürgermeister kam anlässlich einer Wanderung vorbei und staunte über die vielen Zelte und die Feuerstelle. Er fragte mich, ob ich auf meinem Grundstück jetzt eine Kommune aufgemacht hätte? Die Zeit der Kommunen in Deutschland war eigentlich schon vorbei.

An das Dorf musste ich mich als Großstädter erst gewöhnen, aber vor allem meine Töchter und ihre Freunde. So kam eines Tages der örtliche Haupterwerbs-Landwirt zu mir. Er müsse mit mir reden: „Auf den umliegenden Wiesen wächst das Futter für unsere Kühe. Von der Landwirtschaft leben wir! Deshalb dürfen die Städter nicht einfach durch die Wiesen gehen und dabei das Gras heruntertreten. Die Kühe fressen das heruntergetretene Grass nicht mehr!" Ich versprach ihm, meinen Töchtern und ihren Freunden das zukünftig zu untersagen. Bis heute gehen wir nur über die Wiesen und Weiden, wenn sie abgeerntet sind. Mich besuchten viele Menschen aus der Großstadt, einige meinten, in der dörflichen Einsamkeit könnten sie nicht leben. Andere glaubten, in der dörflichen Gegend könne man seinen Hund frei herumlaufen lassen. Was aber dazu führen konnte, dass der Hund unter einem elektrischen Weidezaun hindurch ging, plötzlich aber vor den Schafen oder auch Kühen erschrak und ungeachtet des Elektrozauns davon stürmte. Hierbei passierte es, dass der Hund vom Elektrozaun eins gewischt bekam und aufjaulte, und nicht mehr unter dem Zaun durch wollte. Die Tiere, vor allem die Schafe, hatten ebenfalls vor dem Hund Angst und durchbrachen manchmal sogar den Elektrozaun. Es gab dann schon harte Wörter vom Eigentümer der Tiere gegenüber dem Herrchen des Hundes.

Wenn Betonsteine ganzjährig nur so herumliegen, werden sie brüchig, so war es auch mit der Feuerstelle. Sie musste erneuert werden und ich beauftragte eine Maurerfirma die Feuerstelle zu pflastern. Als der Chef sich die Fläche ansah, ich wollte eine ca. 2,20 Meter runde Pflasterfläche als neue Feuerstelle anlegen lassen, sprach er nur noch von einer „Großbaustelle", die unbedingt einen guten Unterbau bekommen müsste. Solch einen tiefen Schotter-Unterbau hatte ich auf meinem ganzen Grundstück noch nicht errichtet. Das Erdreich musste mit der Schubkarre durch den Garten zur Straße auf den LKW transportiert werden, leider bei starkem Regenwetter. Hinterher sah der Rasen wie durchgepflügt aus.

Hessisch Lichtenau

In Hessisch Lichtenau wurden wir für die Altstadtsanierung als zweiter Sanierungsträger eingesetzt und wir mussten unbedingt Erfolge erreichen. Die Stadt hatte mit dem Fördergeld überwiegend alte und oft schon zerfallende Fachwerkhäuser aufgekauft, doch zu einer Gebäudesanierung kam es nicht. Das Land drohte der Stadt, die Fördermittel zu kürzen und sogar zurückzufordern. Zu unseren ersten Sanierungsinformations-Abenden kam ein älterer Malermeister, der seinen Mitbewohnern deutlich die Meinung sagte. In den vergangenen Jahren, in denen sich durch den früheren Sanierungsträger nichts im Sinne einer erfolgreichen Sanierung verändert hatte, interessierten sich die Bewohner nicht mehr für eine Altstadtsanierung. Da half uns der Malermeister mit seinem Appell: „Die mitten durch Hessisch Lichtenau führende Landgrafenstraße ist wie unser Wohnzimmer, das „Gäste" einladen soll. Ihr macht doch für eure Gäste zu Hause auch immer alles schön! So müsst ihr die Sanierung von unsrem Herzstück verstehen." So verbreitete sich langsam die Haltung, dass wir versuchen, im Rahmen der Sanierung die Situationen von Häusern und Bewohnern zu verbessern.

Allerdings musste ich in den Magistratssitzungen nach und nach Vertrauen für die Altstadt-Sanierung gewinnen. Diese Sitzungen begannen erst um 20:00 Uhr, denn einige Mitglieder des Magistrats waren Landwirte und die konnten nicht früher zu den Sitzungen kommen. Es passierte allerdings des öfteren, dass das eine oder andere Mitglied des Magistrats um diese Uhrzeit bereits mit seinem „wohl verdienten Schlaf begann". Sie hatten meist von der Tagesarbeit in frischer Natur ein rotes bzw. von der Sonne gebräuntes Gesicht und waren halt um diese Zeit einfach müde. Das Schwierigste in den ersten Magistrats Sitzungen, in denen es um die Altstadt-Sanierung ging, war das gegenseitige „Beharken und Rechtfertigen" der unterschiedlichen Parteimitglieder über längst nicht mehr aktuelle Themen der Kommune.

Bevor ich zu den Punkten der Sanierung sprechen konnte, war es oft bereits schon 22:00 Uhr. Nach meiner Erfahrung in anderen Kommunen, konnte ich die Mitglieder des Magistrats am besten nach einer Sitzung beim entspannten Gespräch in einer Gaststätte beim Glas Bier zu einem Thema überzeugen oder zu einer Entscheidung motivieren. Durch die späten Sitzungstermine war es dann meistens nach 23.00 oder sogar 24:00 Uhr, bevor wir gemeinsam eine Gaststätte aufsuchen konnten. Bis ich die Fahrt in das Rhein-Main-Gebiet antreten konnte, war es manchmal 1:00 oder 2:00 Uhr in der Nacht. An eine Nachtfahrt mit dem Auto erinnere ich mich noch sehr genau. Nach dem Gespräch mit einigen aus dem Magistrat fuhr ich gegen zwei Uhr mit dem Auto los und unterwegs auf der Autobahn wurde ich so müde, dass ich sofort abbog. Ich erinnerte mich an die Worte meines Abteilungsleiters, der immer sagte, für die Gesundheit auf den Dienstfahrten ist jeder selbst verantwortlich. So erkundigte ich mich an der nächsten Tankstelle nach einem Hotel, welches durch den freundlichen Tankwart über mein Kommen informiert wurde, und schlief mich erst mal richtig aus. Je länger ich in Hessisch Lichtenau arbeitete, desto mehr gewannen die Mitglieder des Magistrats Vertrauen und meinten schließlich sogar, die Vorhaben der Sanierung müssten gar nicht immer unbedingt in die Magistrats-Sitzungen.

Uns gelang es, gegenüber vom Rathaus für ein drei-geschossiges Fachwerkhaus einen Investor zu finden, der bereit war, das schöne Fachwerkhaus mit Wohnungen und Läden im Erdgeschoss zu sanieren. Die Arbeiten begannen in der kalten Jahreszeit und als im Erdgeschoss ein neuer Betonboden gegossen war, feierte der Investor den Beginn der Arbeiten mit einem kleinen Fest. Reden wurden gehalten und ein Imbiss wurde gereicht. Aber auf dem Betonboden war es so kalt, dass einige der Teilnehmer anschließend mit einer Erkältung das Bett hüten mussten.

Die für Hessisch Lichtenau erste Sanierung, und sogar eines dreigeschossigen großen Fachwerkhauses, wurde ein Erfolg. Es war der sogenannte Knackpunkt, durch den es gelang, mehrere Sanierungen in Gang zu bringen. Nachdem das Fachwerkhaus teilweise entkernt war, begann eine mustergültige Sanierung, auf die die beteiligten Handwerksfirmen sehr stolz waren. Die fertig sanierten Wohnungen konnten anschließend gut vermietet werden.

In Hessisch Lichtenau gab es eine kleine italienische Gaststätte und der Wirt wollte ein anderes Fachwerkhaus modernisieren und zu einer neuen Gaststätte mit Clublounge umgestalten. Wir fanden für ihn ein geeignetes Fachwerkhaus, das ebenfalls im Eigentum der Stadt war, aber von einer Familie mit sieben Kindern bewohnt wurde. So suchten wir ein anderes zu sanierendes Fachwerkhaus in der Altstadt für diese große Familie. Von den sieben Kindern waren bereits vier als Handwerker mit ihrer Berufsausbildung fertig, zwei waren in der Lehre als Handwerker und der Jüngste war noch in der Schule. Mein Plan war, dass diese Familie mit Eigenleistung und ihren handwerklichen Fähigkeiten das andere Haus modernisieren sollte. Grundsätzlich war die Familie dazu auch bereit, nur bei meinem ersten Besuch in ihrer Wohnung, bei dem ich mit dem Familienvater und der Ehefrau sprechen wollte, erschrak ich über die Äußerung der Frau. „Sie können meinen Mann am Fenster sprechen, es ist der, der da immer nur hustet, aber der macht sowieso nicht mehr lange, er hat eine starke Lungenentzündung! Der braucht für die letzten Tage immer die frische Luft am Fenster." Zwei Wochen später erfuhr ich, dass er gestorben war. Aber die Frau war bereit, mit ihren Kindern das Modernisierungs- und Umzugsabenteuer auf sich zu nehmen.

In dem vorgesehenen sehr runtergekommenen Fachwerkhaus lebte nur ein Mann zur Miete, die er aber seit langen nicht mehr bezahlte. Für ihn hatte ich eine Wohnung am Rande der Altstadt gefunden. Durch die Städtebauliche Sanierungsmaßnahme konnten wir solche Umzüge finanzieren. Guten Mutes versuchte ich, diesen Menschen in dem baufälligen Haus zu erreichen. Ich traf bei mehreren Besuchen keinen im Haus an. Bei der Nachfrage in der Stadtverwaltung wurde mir mitgeteilt, dass der Herr in jedem Fall im Haus sein müsste, er habe auf der Baustelle einen Unfall gehabt und wartete auf seine Rente. Am Fünften eines Monats war ich wieder in dem Haus, um mit ihm zu sprechen. Da hörte ich aus dem Obergeschoss auf meine Frage: Ist da wer?, nur ein klägliches Stöhnen. Oben sah ich einen altmodischen Heizlüfter mit Heizlamellen und einer oberen geraden Fläche von ca. zwölf cm, der gegenüber vom Bett stand. "Mein Sozialgeld reicht nur für einige Tage am Monatsanfang, dann muss ich mir hier auf dem Heizlüfter das Wasser erwärmen, damit ich warmes Zuckerwasser trinken kann." Jemand der Stadtverwaltung muss ihn wohl über meinen Besuch informiert haben, denn er war nicht gegen einen Umzug. Allerdings gab er mir erst noch die Visitenkarte seines Schwiegersohns. Auf der konnte ich lesen, dass der Geschäftsführer einer großen Versicherungsgesellschaft war. „Der will mich ja eigentlich zu sich nehmen, was ich aber nicht möchte! Ich will meine Freiheit behalten." Mit ihm besichtigte ich die neue kleine Wohnung, er bemängelte, dass das Waschbecken nicht mehr in Ordnung sei und die Spüle müsste ebenfalls erneuert werden. Ich konnte ihn beruhigen, dass wir dies mit einer Renovierung der Wohnung über die Sanierung erledigen würden, so wie wir die kompletten Umzugskosten übernehmen könnten. Er nahm alles dankend an. Monate später saß ich bei dem italienischen Wirt zum Mittagessen und bemerkte einen älteren Herrn, der an einem Tisch mit weißer Tischdecke saß und sein kleines Bier trank. Er trug ein ordentliches Jackett mit weißem Hemd, der mich immer beobachtete und mich schließlich ansprach. „Erkennen Sie mich nicht, ich bin der, dem Sie über die Sanierung zu einer neuen Wohnung verholfen haben". Er war glücklich, denn seine krankheitsbedingte Rente sei jetzt bewilligt worden und er fühle sich in der neuen Wohnung sehr wohl. Vorher konnte ich ihn nur als einen sehr sozial schwachen Menschen einstufen, der wohl auch dem Alkohol sehr zusprach. So freute ich mich über diese positive Entwicklung.

Das Haus für die siebenköpfige Familie war nun frei und ich begann mit dem Notar den Grundstückskaufvertrag vorzubereiten. Die Familie hatte nie in ihrem Leben vorher ein eigenes Haus besessen, so beschloss ich, es wie in Schlüchtern zu handhaben. Die Rechnungen für Material und Fremdleistungen bei der Sanierung wurden direkt an den Sanierungsträger gerichtet. So bestand keine Gefahr, dass das bewilligte

Geld für andere Zwecke ausgegeben werden konnte. Da bei der Familie, ohne den Vater inzwischen insgesamt acht Personen, immer die Gefahr bestand, das ein interessierter Verkäufer den Mitgliedern der Familie irgendeinen Ratenvertrag für ein Auto oder für Küchenmöbel und sonstige Geräte mit der Absicherung über das Grundbuch „andrehen" könnte, musste hierfür eine praktikable Lösung gefunden werden. Der Notar hatte die Idee: Wir machen das Grundbuch hinten zu. Mir war noch nicht klar, was er damit meinte. Wir tragen einfach eine hohe Grundschuld zu Gunsten des Sanierungsträgers ein, so hat kein Verkäufer Interesse, mit seinen möglichen Forderungen hinter der zuvor zu bedienenden Grundschuld zu stehen.

So wurde das Fachwerkhaus von der großen Familie in überschaubarer Zeit saniert und sie bezogen ihr neues zu Hause. Nur der Neid von sozial schwachen Menschen treibt sie zu unerklärlichen Handlungen an. Ich hatte in dem kleinen Sanierungsbüro meine wöchentlichen Sprechstunden. Eines Nachmittags kam eine erzürnte Nachbarin mit einer gezogenen Pistole in das Büro. Sie stellte sich genau vor die Tür, so dass keiner herein oder heraus konnte. Mir blieb fast das Herz stehen. „Sie müsste man erschießen!" waren ihre Worte, während sie immer noch die Pistole auf mich richtete. „Bitte setzen Sie sich doch erst einmal!", war meine Antwort. Sie setzte sich und sprudelte los: "Wie können Sie so eine asoziale Familie neben unserem Haus einziehen lassen?" Ich erklärte ihr, dass die Familie durch die Sanierung die Möglichkeit bekommt, aus ihrer sozial schwachen Situation heraus zukommen. Bei meinen Worten legte sie die Pistole auf den Tisch und schien sich zu beruhigen. Ich war der Gefahr entkommen. Ich ermutigte sie sogar, wenn sie mit der Modernisierung fertig sind und anderen Bewohnern der Straße ein Straßenfest zu veranstalten. So ein Straßenfest fand später nicht nur einmal statt und die gesamte Atmosphäre blieb in der Straße freundschaftlich und entspannt.

Das Fachwerkhaus, in dem der italienische Wirt sein neues Restaurant mit Clublounge errichten wollte, war nun frei. Doch das Schicksal ließ es nicht zu dem beabsichtigten Umbau kommen. Seine Frau half ihm manchmal am Wochenende, wenn er im Lokal viel Betrieb hatte. Ihr eigentlicher Beruf hatte nichts mit der Gastronomie zu tun, das Bedienen lag ihr eigentlich auch nicht. An einem Samstag war in der Italienischen Pizzeria die „Hölle" los und er rief seine Frau an, sie möge ihm im Lokal helfen. Sie machte sich sogleich mit ihrem neunjährigen Sohn in einem schellen Auto auf den Weg nach Hessisch Lichtenau. In einer Kurve verlor sie die Kontrolle über ihr Auto und flog aus der Kurve und das Auto überschlug sich. Mutter und Sohn Nicco wurden schwerverletzt in das nahe Krankenhaus gebracht.

Bei meinen späteren Besuchen im Wohnort des italienischen Wirtes erfuhr ich von ihm, dass seine Frau auf dem Röntgentisch im Krankenhaus noch ganz normal mit ihm gesprochen hatte, aber als sie aus dem Röntgenraum geschoben wurde, war sie nicht mehr ansprechbar. Nach einer Woche verstarb sie im Krankenhaus. Ein mit ihm befreundeter Arzt sagte zu ihm, wahrscheinlich hatten sie seiner Frau auf dem Röntgentisch den Kopf gerichtet, um ihn besser röntgen zu können. Dabei haben sie wohl einen noch größeren Schaden herbeigeführt, der dann tödlich endete. Er wollte zuerst das Krankenhaus verklagen, besann sich aber wieder, „davon bekomme ich meine Frau auch nicht mehr zurück".

Zu dem einen Schicksalsschlag kam vier Wochen später der nächste. Der Sohn Nicco überlebte seine schwere Verletzung nicht. Die schluchzenden Worte des italienischen Wirtes klingen mir noch immer in den Ohren: „Ich will meinen Nicco wiederhaben!" Er war nicht mehr in der Lage, sein Restaurant weiter zu führen. „Nach Hessisch Lichtenau werde ich nie mehr in meinem Leben zurückkehren!" Sein älterer Bruder, der ihm in Urlaubszeiten aushalf, übernahm schließlich das kleine Restaurant. Auf meinen Rückfahrten aus Hessisch Lichtenau fuhr ich manchmal bei dem Italienischen Wirt, der nun ohne Frau und Sohn Nicco war, vorbei, um ihm wieder etwas Lebensmut zu machen. Es war sehr schwer, an sein Inneres heranzukommen, seine Trauer saß zu tief. Auf seine Worte, er wird alles daran setzen, wieder einen Nicco zu bekommen, erwiderte ich immer wieder, einen Nicco wirst du nie wieder bekommen, vielleicht aber einen anderen Sohn. Vor allem würdest du deine mögliche neue Frau damit sehr belasten. So nach und nach ging er wieder aus dem Haus und begann sein neues Leben ohne Frau und Nicco. Von seinem Bruder erfuhr ich, dass er nach Italien zurückgegangen sei und in Savona lebt und ein Geschäft mit Firenzer Moden übernommen hatte. Er nannte mir auch seine neue Adresse.

Meine Frau und ich hatten vor, Dino, so hieß der italienische Wirt, in Italien zu besuchen. Wir fuhren mit dem Auto nach Savona und fragten uns durch nach der Adresse, doch keiner konnte sie uns nennen, geschweige uns hinführen. Die rettende Idee war ein Polizeirevier, mit unseren Brocken Französisch und Englisch gelang es uns heraus zu bekommen, wo die gesuchte Straße sei. Die Polizisten suchten in vielen Stadtplänen. Die Überraschung war riesig, denn die Straße war nicht in Savona, sondern in Alassio, rd. sechzig Kilometer entfernt. Wir machten uns wieder weiter auf den Weg, es wurde inzwischen dunkel, als wir Alassio erreichten. Schließlich fanden wir mit Hilfe vieler liebenswürdiger Bewohner die gesuchte Straße, aber nicht die Hausnummer. Ein Bewohner eines Nebenhauses erläuterte uns das Geheimnis. Die Häuser waren jeweils an zwei Straßen, eine obere und eine untere, angebunden, der Straßenname war aber gleich. So mussten wir nur die obere Straße befahren und wir fanden die richtige Hausnummer. Unser Auto mit aufgeblendeten Scheinwerfern stand gerade vor dem Tor, in dem der Name Nicco eingearbeitet war, als hinter uns ein Auto hielt und Dino heraussprang und rief der Sielaff, der Sielaff… und mich und meine Frau umarmte.

Wir waren froh, ihn gefunden zu haben und wollten ihn nach dem nächsten Hotel fragen, damit wir uns am nächsten Tag ausführlich unterhalten könnten. Er lehnte dies sofort ab. Heute schlaft ihr hier und morgen suchen wir gemeinsam ein Hotel in Alassio. Dino führte uns in sein Haus, eigentlich war es ja das Obergeschoss des unteren Hauses nur mit separatem Eingang und eigener Hausnummer. Wir konnten schwach das Mittelmeer erkennen. Fast entschuldigte er sich, dass wir nicht in dem schönen Schlafzimmer übernachten sollten; denn dies sei das Hochzeitszimmer und seiner Hochzeitsnacht vorbehalten. Dabei sagte er voll Freude, dass er in zwei Wochen eine Lehrerin aus Rom heiraten werde. Er zeigte uns ein anderes Schlafzimmer, in dem wir übernachten könnten. Nach der Odyssee mit dem Suchen nach seiner Straße im falschen Ort waren wir dankbar, uns nach dem Genuss von einem Glas Wein, in das Bett zu legen.

Am nächsten Morgen sahen wir aus dem Fenster auf das Mittelmeer, es war ein traumhafter Blick auf das blaue Meer, welches die Sonnenstrahlen zu uns spiegelte. Je länger wir schauten, je mehr entdeckten wir kleine Fischerboote und auch Segelboote. Zum Frühstück begleitet uns Dino in ein typisches Espresso-Café in dem wir kleine Stückchen dazu bekamen. Ein Italiener frühstückt bescheiden, erläuterte er uns. Gegenüber war ein Hotel, in dem wir uns einquartierten. Er führte uns einige Straßen weiter in seinen Laden „Firenzer Moden". Hier wurde Tischwäsche aus Florenz und Damenwäsche mit besonderen Spitzen verkauft. Dass er den Laden als Eigentümer bekommen konnte, war nur mit viel Schmiergeld an diverse Verwaltungsstellen möglich. Es dauerte fast zwei Jahre bis er die Genehmigung hatte. Er sagte uns, die Gewerbe-Genehmigungen sind leider in Italien sehr viel schwieriger als in Deutschland zu bekommen.

Am Abend genossen wir das bunte Treiben in der Innenstadt von Alassio bei sommerlich warmen Temperaturen. Das Essen wurde draußen vor den Restaurants oder in kleinen Gärten serviert. Das Stimmengewirr erinnerte fast an ein gut besuchtes Freibad mit vielen Badegästen. Abends war die Temperatur angenehm, was eben die vielen Menschen auf die „Gassen trieb". Wir freuten uns, den Abend mit Dino bei Wein und mediterranem Essen abschließen zu können. Zwei Jahre später, wir saßen gerade bei warmen sommerlichen Wetter, es erinnerte uns an die Tage in Alassio, mit Freunden auf unserer Terrasse, klingelte das Telefon und am Ende der Leitung erklang freudig Dinos Stimme: "Ich habe meinen Nicco wieder, er ist jetzt ein halbes Jahr alt." Er hatte seinen zweiten Sohn mit seiner neuen Frau tatsächlich Nicco getauft. Dino hat es beglückt und seine neue Frau wohl auch ertragen.

Eine andere Geschichte, die mich fast drei Jahre intensiv beschäftigte, aus der Provinz möchte ich erzählen. Zwei ehemalige Schulfreunde C. und F. im mittleren Alter wohnen mit ihren Frauen in ihren Häusern direkt nebeneinander. C. möchte neben dem anderen Grundstück, das eine Seite zum Kirchplatz hat, ein Café eröffnen. Er benötigt dafür aber ein kleines Grundstück von seinem ehemaligen Schulfreund F., der das aber nicht veräußern will. Für mich war lange Zeit unklar, warum die beiden ehemaligen Schulfreunde sich gegenseitig nichts gönnten und immer nur aufeinander schimpften. Die Frau von F. hatte es mir nach einem Jahr mit vergeblichen Gesprächen erläutert. In Hessisch Lichtenau gab es viele Häuser, die durch Erbteilungen, sogar innerhalb des Hauses, unter den Erben aufgeteilt wurden. Es konnte Häuser geben, die in drei Eigentümer, aber nicht wie bei Eigentumswohnungen, mit einer ordentlichen Teilungsgenehmigung aufgeteilt waren. Oft waren die unterschiedlichen Besitzverhältnisse sogar nicht im Grundbuch ersichtlich, sondern nur beschrieben. Dies war manchmal in einfachen Schreiben oder in Testamenten ersichtlich, die eben in den eigenen Unterlagen vorhanden waren. Dadurch ergaben sich vielfach die Probleme bei Eigentümerwechsel, Erbfall oder Verkauf.
So ähnlich musste es zwischen den ehemaligen Schulfreunden ebenfalls abgelaufen sein. Sie hatten beide jeweils das Haus von ihren Eltern geerbt. Unklar war aber, zu welchem Haus die eine Außenwand zum Hof gehörte, ob zu C. oder zu F. Bei einer Reparatur der

Dachrinne am Haus von C. hatte er die Entwässerung schräg an der Außenwand zum Hof befestigt. Nun war F. bisher immer der Meinung gewesen, dass die besagte Außenwand zu seinem Grundstück gehört und er hätte gefragt werden müssen. Dieser Vorfall lag über zehn Jahre zurück, aber seit dieser Zeit redeten die Nachbarn nicht mehr miteinander. Das Nötigste sprachen die Ehefrauen von C. und F. ab.

Ich kann heute nicht mehr genau sagen, in wie vielen Gesprächen ich mit den Nachbarn versucht habe, die Voraussetzungen für einen Grundstücksverkauf zu ermöglichen. Meistens habe ich C. und F. mit ihren Frauen zu mir in das Sanierungsbüro gebeten bzw. bin in den ersten Jahren zu ihnen nach Hause gegangen, um einzeln mit ihnen zu sprechen. An ein Gespräch im Sanierungsbüro erinnere ich mich sehr gut. Es war im Dezember und draußen herrschte ein regelrechtes Schmuddel-Wetter. Das Büro hatte keinen Vorraum, man stand nach der Eingangstür direkt im Raum. Alle vier Nachbarn hatte ich zu einem gemeinsamen Termin gebeten. Ein Ehepaar saß bereits am Besprechungstisch. Die Tür ging auf und Frau F. betrat den Raum. Als ihr Mann folgte und seinen ehemaligen Schulfreund sah, hörte ich nur seine Worte: „Wenn der da ist, gehe ich gleich wieder!" und ging wieder hinaus. Ich konnte erreichen, dass sich Frau F. mit an den Tisch setzte, und ich folgte Herrn F. und bat ihn inständigst, er möge doch am Gespräch teilnehmen und wieder hereinkommen. Er kam schließlich mit mir wieder in das Büro, blieb aber fast zwei Stunden neben der Tür stehen. Damit er sich nicht ausgegrenzt fühlte, blieb auch ich während des Gesprächs stehen.

Das zögerlich begonnene Gespräch bildete aber den Beginn von weiteren, langsam versöhnlicheren und erfolgreichen Gesprächen, die zu einem Vertragsentwurf beim Notar führten. Mein größter Erfolg in diesem so zähen Verfahren waren die Worte von F. nach dem ersten Termin beim Notar: „Ich glaube, jetzt haben wir alles geklärt, da brauchen Sie zukünftig nicht mehr dabei zu sein". Schließlich kam es zu dem Vertragsabschluss und C. konnte mit den Arbeiten für sein lange gewünschtes Café beginnen. Zur Café-Eröffnung saßen die Familien C. und F. einträchtig bei einander und die Männer waren wieder einfach Schulfreunde. Für mich hatte sich der enorme Zeitaufwand, mit den beiden Familien zu einer gemeinsamen Lösung zu kommen, am Ende doch gelohnt.

Am Eingang zur Altstadt eröffnete ein griechisches Restaurant. Als Sanierungsbeauftragter und nicht in Hessisch Lichtenau Wohnender war ich über eine Abwechslung zum Mittagessen immer erfreut. Mit dem Inhaber kam ich ins Gespräch über das alte Griechenland. Der Inhaber war ein stolzer Grieche mit dem Hang zur Philosophie. Er war der festen Überzeugung, dass ohne die alten Griechen keine Entwicklung zu dem heutigen Europa möglich gewesen wäre. Die anregenden Gespräche mit ihm führte ich lange vor der später einsetzenden Griechenland-Krise in der Europäischen Union.

In meine Zeit der Sanierungsbegleitung fiel eine Kommunalwahl. Als wir in Hessisch Lichtenau mit den Arbeiten begannen, lag die politische Mehrheit im Stadtparlament bei der CDU. Die Kommunalwahl brachte der SPD wieder die Mehrheit. Es war einem Mitglied der Partei zu verdanken, der seine Partei-Mitglieder unheimlich angespornt hatte, um einen

Wahlerfolg zu erlangen. Es wurde fast ein Erdrutsch, die CDU verlor 14 Prozent der Stimmen. Aber der CDU-Bürgermeister war ja noch für rund drei Jahre vom alten Stadtparlament gewählt. Nach der Wahl gab es einige Bewohner, die zu mir in das Sanierungsbüro kamen, wenn ich ihnen sagte, dass wir das oder jenes mit dem Bürgermeister, der zu der damaligen Zeit noch nicht direkt gewählt wurde, besprechen müssen, um anschließend einen Magistratsbeschluss zu erreichen, kam die Antwort: „Was soll ich denn bei dem Minus 14 Prozent Bürgermeister?" „Er ist im Amt und gewählt!" „Aber im Stadtparlament hat er doch keine Mehrheit.", war die Antwort. Für mich wurde die Arbeit nicht leichter, einen Ersten Stadtrat, der von der SPD
eingesetzt werden könnte, gab es leider nicht.

Meistens war ich zwei Tage in der Woche in Hessisch Lichtenau im Sanierungsgebiet. Eines Tages, kam ein „Sanierungs-Kunde", der in einem Haus in der Altstadt wohnte und eine andere Möglichkeit zum Wohnen suchte, und ich sprach mit ihm über verschiedene Angebote. Das Sanierungsbüro hatte keinen Vorraum, wie bereits erwähnt, wenn man aus der Tür trat, stand man direkt auf dem Bürgersteig. An dem Tag war sonniges Wetter. Einen möglichen Investor, der ca. 10 Minuten vor dem verabredeten Termin jetzt in das Sanierungsbüro trat, bat ich, bitte noch draußen zu warten. Nachdem ich das Gespräch mit dem „Sanierungs-Kunden" beendet hatte und den möglichen Investor hereinbat, beschwerte sich dieser sehr lautstark: „Wie könne ich ihn denn warten lassen, er bezahle ja genügend Steuern und könne bevorzugt behandelt werden!" Meine Antwort war nur: „Für den Herrn, der das Büro vorher verlassen hatte, bedeuten seine 100 DM Steuern wahrscheinlich mehr als ihre 10.000 DM Steuern! In dem Sanierungsgebiet wird jeder gleich behandelt."

Für die zwei Tage Arbeit im Sanierungsgebiet habe ich meistens im Ortsteil Walburg in einem kleinen Gasthof preiswert übernachtet. Da meine Übernachtung in der Woche war, kamen kaum andere Übernachtungsgäste. Das Gebiet vor dem Hohen Meißner gehörte damals zum Zonenrandgebiet und war eine strukturschwache Region. Folglich waren die Preise in den Gaststätten günstiger als im Rhein-Main-Gebiet. Die Wirte und Eigentümer konnten folglich auch nicht viel in die Unterhaltung und Renovierung ihrer Häuser investieren. So wunderte ich mich nicht über das Waschbecken in dem Zimmer. Es hing auf „halb sieben" nach unten und eine Dusche gab es nicht, die Toilette war auf dem Flur. Geheizt wurde über kleine Elektro-Heizlüfter, da es sich ja nicht lohnte, für mich als einzigem Gast das Obergeschoss zu heizen. Es gab zwar eine Etagen- Ofenheizung. Ich bekam zwei zusätzliche Decken in der kalten Jahreszeit. Hessisch Lichtenau wurde auch als Hessisch Sibirien bezeichnet; denn es konnte schon sehr kalt werden in den Wintern vor dem Hohen Meißner. Zum Frühstück, das in einem kalten Nebenraum der Gaststätte eingenommen werden konnte, wurde ich des Öfteren gefragt, ob ich noch einen Heizlüfter möchte. Das angebotene Frühstück war reichlich und für mich ausreichend.

Der Hauptgrund, warum ich in dem Gasthaus oft übernachtete war, dass in der Gaststube abends auch andere Gäste waren und ihr Bier tranken. Dadurch konnte ich, in der für mich als Großstädter einsamen ländlichen Gegend, manchmal interessante Gespräche führen, wobei ich mich erst an den Nordhessischen Dialekt mit dem rollenden „R" gewöhnen musste.

In Hirschhagen, einem weiteren Ortsteil von Hessisch Lichtenau, wurde in der NS Zeit die zweitgrößte Sprengstofffabrik des damaligen Deutschen Reiches errichtet. Hier arbeiteten Zwangsarbeiter und in der Produktion wurden starke chemischen Substanzen eingesetzt. Die Sprengstofffabrik wurde erst durch die Amerikaner 14 Tage vor Kriegsende entdeckt. Die Verantwortlichen wurden gefangen genommen oder deportiert. Aber die chemischen Prozesse arbeiteten weiter. Dadurch explodierten einige Rohrleitungen oder sie waren zerstört. Es hat wohl tagelang geschwelt und gebrannt, keiner kümmerte sich darum und so gelangten viele chemische Flüssigkeiten in den Boden und in das Grundwasser. Die Gebäude wurden nicht gesprengt, sie zerstörten sich teilweise selbst.

Die politisch Verantwortlichen und einige Bürger waren in den Nachkriegsjahren eher hilflos. Nicht dran rühren, wird schon nicht so schlimm sein. Erst die Diplomarbeit der Studenten Wolfram König und Ulrich Schneider von der Universität Kassel im Jahre 1984 machte die Landesregierung und andere auf die ungelösten Probleme mit dem verseuchten Grundwasser aufmerksam. Ihnen ist sehr zu danken, denn nach der Veröffentlichung ihrer Arbeit wurden erstmals Gelder zur Beseitigung der Schäden bereitgestellt. Heute kann die Diplomarbeit „Sprengstoff in Hirschhagen, Vergangenheit und Gegenwart einer Munitionsfabrik", in der Kobra Bibliothek der Uni Kassel gelesen werden.

Stadtallendorf

Zu Beginn meiner Tätigkeit bei der HLT-FPE (Hessische Landesentwicklungs und Treuhandgesellschaft - Forschung Planung Entwicklung) im Jahr 1974 trafen sich der Projektleiter und die Mitarbeiter in Stadtallendorf und besichtigten den Entwicklungsort. Sie begannen die vor ihnen liegende Aufgabe der Entwicklungsmaßnahme mit einigen Bieren für jeden. Es war für mich der ungewöhnlichste Arbeitsbeginn in einer neuen Firma, zumal ich eigentlich noch Urlaub hatte. Gemeinsam überlegten wir, wie wir diesem traurigen Ort mit der Maßnahme nach dem Städtebau Förderungsgesetz helfen könnten. Der Kollegin K. ging der spätere Besuch in Stadtallendorf immer so auf das Gemüt, dass sie, zu Hause in Wiesbaden angekommen, fast krank war, so als ob sie von einem schwerkranken Patienten-Besuch gekommen sei.

Mein Kollege R. und ich nahmen uns bei unseren Besuchen in Stadtallendorf vor, alle einschlägigen Lokale aufzusuchen, um mehr über die Stadt zu erfahren. Dabei gingen wir zuerst in ein Lokal „Istanbul", in dem fast ausschließlich Türken verkehrten, die in der nahegelegenen Eisengießerei arbeiteten. Dort berichtete uns eine über 50jährige Frau, dass sie sich immer um die türkischen Gastarbeiter kümmert, da die ja so ein großes Heimweh hatten. Sie nahm immer einen anderen Türken mit auf ihr darüber liegendes Zimmer und beglückte ihn, oder war es sogar umgekehrt. Jedenfalls fanden die Türken es bei ihr angenehm, wie zu Hause, meinten sie uns gegenüber.

Nach einer Magistrats-Sitzung fuhren R. und ich zu einem Etablissement ca. zwei km vor dem Ort, fast direkt am Wald. An diesem Haus leuchtete immer ein rotes Licht, was uns natürlich auch anzog, und wir wollten wieder mehr über Stadtallendorf erfahren. Als wir für uns die Biere bestellten, wurde uns deutlich, dass wir uns in einem Puff befanden. Eine Mulattin begann zu etwas schnulziger Musik mit einem Striptease, der uns aber nicht besonders erregte, zumal wir bald feststellten, dass es nur die eine „Künstlerin" in diesem Etablissement gab, die sich den Besuchern zur Schau stellte. Es gab allerdings mehrere Frauen, die nur auf ihre „Kundschaft für die Liebe" warteten.

Ein Séparée mit einem roten Vorhang war hinter der kleinen „Tanzfläche" schummerig beleuchtet. Auf einmal öffnete sich dieser rote Vorhang einen Spalt breit. Dahinter sahen wir eine halb angezogene Dame, nur mit einem erotisch wirkendem Büstenhalter bedeckt, der ihre üppigen Formen spärlich bedeckte und einem Höschen mit Strapsen. Ein Mann, den wir als Mitglied des Magistrats von Stadtallendorf erkannten, der in der Sitzung vor knapp zwei Stunden neben uns saß, nahm uns beide ebenfalls war und zog, so schnell er konnte, den Vorhang wieder zu. Wir verloren über das Gesehene kein Wort.

Durch unsere nach wie vor durchgeführten Besuche in den Kneipen von Stadtallendorf erfuhren wir aber in kürzester Zeit viel von Bewohnern über die Stadt und was sie besonders bedrückte. Diese Berichte und Erfahrungen konnten wir gut in unsere Planungen für die Entwicklungsmaßnahme einfließen lassen. Stadtallendorf sollte eine neue Mitte mit kleinem Park erhalten. Diese neue Mitte sollte das alte Dorf mit dem Gebiet der alten Munitionsfabrik aus der NS-Zeit verbinden. An der Durchfahrtsstraße hatten sich kleine

Läden in eingeschossiger Bauweise ziemlich unge-
plant angesiedelt.

Da wir in der Mitte von Stadtallendorf zwischen dem
alten Dorf und den Neubauten nach dem Krieg ein
neues Zentrum errichten wollten, suchten wir nach
städtebaulichen Beispielen. In den Niederlanden im
Ort Zwolle fanden wir eins. Dort wurde in der Orts-
mitte eine „Agora" gebaut mit Marktplatz und einem
Gebäude mit Mehrfach-Nutzungen für Veranstaltungen und Verwaltungsbüros. Ich nahm Kontakt mit
der dortigen Gemeinde auf und der Magistrat von
Stadtallendorf machte den Vorschlag: „Nicht weit von
der Grenze zur Bundesrepublik gibt es ein Gebiet,
welches in Frage käme". So begannen wir mit allen
Vorbereitungen für diese Informationsfahrt. Wir
buchten für 12 Personen, Magistratsmitglieder und
die Fraktionsvorsitzenden der CDU und der SPD sowie meinen Kollegen J. und mich ein kleines Hotel
und organisierten einen entsprechenden Bus. Mit der
Gemeinde Zwolle verabredete ich telefonisch für den
entsprechenden Tag eine Besichtigung mit Führung.
Wir sollten um 12:00 Uhr empfangen werden und
nach der Besichtigung mit Vertretern der Stadt Zwolle
im Restaurant essen. Damit auch alles perfekt wird,
schickte ich noch einen Bestätigungsbrief mit dem Datum, an dem wir ankommen werden.

Pünktlich um 12:00 Uhr stand unsere Gruppe aus
Stadtallendorf auf dem Marktplatz, aber von den Vertretern der Stadt Zwolle war niemand zu sehen. Ich
ging in die Verwaltung und suchte meine Kontakt-
person auf. Die sah mich entgeistert an und zeigte mir
meinen Brief. Unser Besichtigungstermin war der
nächste Tag. Mir ist beim unterschreiben entgangen,
das dort ein falsches Datum angeführt war. Ich ent-

schuldigte mich für diesen Fehler. Mir wurde abwechselnd heiß und kalt: „Können wir die Besichtigung noch retten?" Der Partner aus Zwolle war die Ruhe selbst und machte mir den Vorschlag, jetzt erst einmal essen zu gehen und die Besichtigung einfach später durchzuführen. Mir fiel ein Stein vom Herzen. Die kleine Veränderung „verklickerte" ich allen Mitreisenden, teilte ihnen aber noch nicht mit, dass ich in dem Bestätigungsbrief das falsche Datum mitgeteilt hatte. Selbst mein Kollege J. hatte es nicht mitbekommen. Erst am Abend, wir saßen in dem Gasthaus, gegenüber von unserem Hotel, und tranken nach dem Essen den ersten Genever, berichtete ich von meinem Fehler. Das Gasthaus erinnerte mich an einen englischen Krimi, dort stand ebenfalls ein Gasthaus mittig auf einer Verkehrsinsel und hatte zu allen Seiten eine Ausgangstür. Bei dem einen Genever blieb es nicht, aber der Weg zu unserem Hotel war ja nicht weit.

In der ehemaligen Munitionsfabrik standen viele Hochbunker, die zur Fertigung von Munition verwendet wurden. Das Straßennetz zwischen den Bunkern verlief ziemlich geschwungen und rund herum standen viele Kiefern, die die Straßen verdeckten. So sollten die Hochbunker vom Flugzeugen aus nicht erkannt werden, was auch bis zum Ende des zweiten Weltkrieges tatsächlich gelang. In der Stadtallendorfer Munitionsfabrik wurden wahrscheinlich keine Chemikalien verarbeitet wie in Hirschhagen und somit gab es dort keine Grundwasser-Verseuchungen. Dadurch waren diese Hochbunker aber für die unzähligen Flüchtlinge aus den ehemaligen deutschen Ostgebieten willkommene feste Betonbauten. Diese wurden oft als Keller genutzt und auf dem Betondach entstanden die unterschiedlichsten Wohnhäuser nach dem Geschmack der jeweiligen Bewohner. Viele der so gestalteten Hochbunker wirkten sehr bizarr und fast unwirklich mit ihren sehr unterschiedlichen Terrassen unter den Kieferbäumen.

In unmittelbarer Nähe hatte eine Eisengießerei ihren Firmensitz und die Hauptproduktions-Hallen, die vor allem Motorblöcke für die Kraftfahrzeug-Industrie herstellte. Die Firma wurde nach dem Krieg 1951 gegründet. Im Laufe der Jahre wurden auch Aluminiumguss-Motorblöcke gefertigt, hinzu kamen Bremsscheiben und Bremstrommeln sowie Getriebeblöcke und Blöcke für die Heizungstechnik. Um die Gussteile fertigen zu können, mussten Formen gefertigt werden, in die später das flüssige und glühend heiße Metall gegossen werden konnte. Die Arbeiter waren meistens nur mit einer Asbest- oder Lederschürze geschützt. Nicht, wie ich es später bei einem Besuch im Stahlwerk der Salzgitter AG sehen konnte, mit kompletten Schutzanzügen und Schutzmänteln. Neben der Süßwarenfirma Ferrero war die Eisengießerei der größte Arbeitgeber in Stadtallendorf.

Das Entwicklungsbüro für die Maßnahme wurde im Gebäude eines Möbelhauses eingerichtet. Es war ebenfalls ein alter umgebauter Hochbunker mit sehr hohen Räumen. Wir, als Kommunalberater, hatten in dem hinteren Teil eine kleine Küche und eine kleine Schlafnische mit einer Dusche. Wir Mitarbeiter nutzen diese Möglichkeiten regelmäßig zur Übernachtung, da wir meistens zwei Tage pro Woche in Stadtallendorf blieben. Manchmal nahm ich meine Geige mit, um in den hohen Räumen ungestört zu üben, oberhalb der Räume befand sich ja nur die Möbelausstellung. So konnte sich keiner über mein nicht gerade erbauliches Spiel beklagen. Als ich das erste Mal mit der Geige aus dem Auto stieg, meinte unsere Sekretärin, ob ich im Geigenkasten eine Maschinenpistole versteckt hätte.

Durch unsere Tätigkeit waren wir als Kommunalberater auch noch in anderen Kommunen eingesetzt. Es konnte schon mal passieren, dass wir mitten in der Nacht im Entwicklungsbüro in Stadtallendorf ankamen. Es war nach zwei Uhr, ich hatte gerade die Tür aufgeschlossen, einen Teil meiner Unterlagen ins Büro gebracht und den Schlüssel bereits von innen in das Türschloss gesteckt. Ich musste aber noch weitere Unterlagen aus dem Auto holen. Als ich wieder vollgepackt zur Eingangstür ging, schlug ein plötzlicher Windstoß die Tür zu. Über den Briefschlitz neben der Tür hätte ich die Klinke wohl wieder öffnen können, dazu benötigte ich aber einen langen Draht, den ich mit einem Haken versehen könnte. Da fiel mir die Eisengießerei ein, in der rund um die Uhr gearbeitet wurde. Ich ging nun mitten in der Nacht zum Pförtnerhaus und berichtete von meinem Pech. Ein sehr verständnisvoller und freundlicher Mensch begleitete mich durch die Arbeitshallen. Dabei konnte ich sehen, wie ein Arbeiter gerade das flüssige Eisen aus der Thomasbirne herausfließen ließ. Er war nur mit einer Schürze und einer Hose bekleidet, die Temperatur schien mir fast nicht aushaltbar. Ich sah wie ein Funke, es war flüssiges Eisen auf seine Schulter flog und er nur kurz zuckte und mit einer Schulterbewegung den Funken wieder ebenso schnell wegschnippte. Mir fiel auf, dass der Arbeiter, durch das Licht des glühenden Eisens erleuchtet, ein Arbeiter aus der Türkei war und an vielen Stellen solche Narben von flüssigem Eisen hatte. Deutsche wollten diese schwere Arbeit, trotz der vielen Zulagen nicht erledigen. Schließlich kamen wir zu einem hilfsbereiten Menschen der mir aus drei Lötstangen eine große Stange zusammen lötete, mit der ich später die zugefallene Tür durch den Briefschlitz wieder öffnen konnte.

Für den sogenannten Volkspark, den wir neu planen sollten, ließ der damalige Bürgermeister den aus anderen Baugebieten angefahrenen Erdaushub nicht auf das Volkspark-Gelände abkippen, sondern in das vorgesehene Zentrumsgelände, was uns zu einem Gespräch mit ihm veranlasste. Wir machten ihm deutlich, dass die Fördermittel nicht für mehrmaliges Aufladen und Abkippen von Erdaushub ausgegeben werden dürfen. Der Bürgermeister war darüber sehr erbost und gab uns zur Antwort: „Darf ich denn in meinem Stadtallendorf in der Entwicklungs-Maßnahme nicht machen, was ich will?" Er sei an die Förder-Regeln gebunden, machten wir ihm deutlich.

Nachdem ich mit R. so ziemlich alle Kneipen in Stadtallendorf besucht hatte, ich oft alleine dort war und es abends ziemlich langweilig wurde, fuhr ich oft gerne in die naheliegende Studentenstadt Marburg mit ihrem abendlichen Leben. So konnte ich von der Entwicklungsmaßnahme Abstand gewinnen und meinen Kopf wieder frei bekommen. Ich besuchte einige Lokalitäten. Einmal saß ich wohl etwas trübsinnig an der Bar einer Altstadtkneipe der Studentenstadt Marburg, als mich nach einiger Zeit eine Frau ansprach. Wir kamen in ein fast dreistündiges Gespräch. Dabei erzählte ich ihr von den Hemmungen, die ich als Mann immer habe, bis ich dann eine Frau anspreche und dankbar bin, wenn, wie in unserem Fall, eine Frau auch mal die Initiative des ersten Ansprechens übernimmt. Vor allem konnte ich mich nicht verstellen, wenn es mir mal nicht gut ging, so dass ich immer annahm, eine Frau würde dies merken und fände gar kein Interesse an einem Gespräch. Die

Frau bestätigte, sie würde Männer nur ansprechen, die nicht traurig dreinschauen würden. Ich fand es damals sehr hilfreich, wenn eine Frau das Gespräch zuerst beginnt.

Eines Abends lernte ich eine Frau kennen, die ein echter Fan von Elvis Presley war. B. wohnte in Bad Nauheim und wir trafen uns manchmal zum Tanzen, entweder in ihrem Wohnort oder in Marburg. Da Elvis einen Teil seiner Militärzeit in Bad Nauheim verbrachte, war bei B. die Liebe zu seiner Musik in der Zeit entstanden, als dieser dort in Jazzkellern selber gesungen und musiziert hatte. Die sehr große Plattensammlung von Elvis Presley war der ganze Stolz von B. Die Platten spielte sie für mich immer mit besonderer Freude, zumal es Songs waren, die sehr zart und einfühlend waren und die ich noch nicht kannte. Wir konnten dabei so herrlich inniglich tanzen. Ich erinnerte mich bei den zarten Gesängen an meinen Musiklehrer, der bewunderte schon damals die klare und warme Stimme von Elvis Presley, der Sänger sei eine sehr große Ausnahme, einen weiteren, der so singen könne, kennt er nicht.

Eine andere Beziehung entwickelte sich mit der Studentin C., sie wohnte direkt in einem Marburger Altstadthaus in der Fußgängerzone im 3. Stock. Manchen Abend konnte ich so mit ihr in der wärmeren Jahreszeit das Treiben unten auf der Straße und vor den Kneipen beobachten. Für mich war dies eine kleine Erinnerung an meine Studentenzeit, die in Berlin aber lange nicht so geballt war wie in Marburg. Hier traf man sich viel öfter im kleinen Kreis und immer in den gleichen Lokalitäten. Manchmal wurde mit Gitarre sogar ein wenig spanische Musik geboten. Aber die zu meiner Studentenzeit übliche Jazzmusik hörte ich hier nicht, war wohl nicht mehr so angesagt.

Die Entwicklungsmaßnahme in Stadtallendorf war auch ein Eintauchen in meine Vergangenheit. So nach und nach hatten sich die Bürger und der Magistrat mit der Maßnahme angefreundet und waren froh, dass dadurch der Versuch umgesetzt wurde, dem Dorf Stadtallendorf und dem Teil der nach dem Krieg entstandenen Neubauentwicklung mit der ehemaligen Munitionsfabrik eine neue „Mitte" zu geben. Bei einem viel späteren Besuch des neuen Stadtzentrums konnte ich feststellen, dass es von den Bewohnern angenommen und gut besucht wurde.

Gelnhausen

Das größere Sanierungsgebiet der Altstadt Gelnhausen lag dichter am Ballungsraum Rhein-Main. Wir spürten dies mit einer sehr viel stärkeren Bereitschaft, in die Häuser der Altstadt zu investieren bzw. eines für eine Modernisierung zu erwerben. Die Arbeit für die Altstadtsanierung in Gelnhausen machte es erforderlich, dass wir ein Sanierungsbüro einrichteten, welches die ganze Woche geöffnet und mit einer Mitarbeiterin vor Ort besetzt werden sollte. Unser Wunsch war, eine Sekretärin aus Gelnhausen einzustellen, die vor allem viele Menschen im Ort kannte. Es gelang uns und wir hatten durch sie eine große Unterstützung. Auf ihre Frage, was sie im Büro machen müsste, sagte ich ihr, dass ich es nicht genau wüsste, es ist ein bisschen wie Sozialarbeit und wir müssen es auf uns zukommen lassen. Auf Wunsch der Stadt arbeiteten in Gelnhausen zwei Berater, der Sanierungsträger und das Planungsbüro, so traten wir immer als Team zu den Sanierungsgesprächen an.

Die finanziellen Mittel für die Unterstützung der Sanierungen waren in Gelnhausen ebenfalls entsprechend höher. Als wir mit den Besprechungen für die Sanierung begannen, gab es eine starke Nachfrage, es war wie ein „Sanierungsstau". Das machte die Arbeit interessanter und abwechslungsreich. Wie in den anderen Sanierungsgebieten gab es Altstadthäuser, die unbedingt saniert werden mussten, aber bewohnt waren. So war unsere erste Aufgabe, für Bewohner, die aus einem zu sanierendem Haus ausziehen mussten, eine neue Wohnung zu suchen.

Gelnhausen war nach dem Krieg fast bis zur Wiedervereinigung, eine Garnison der Amerikaner. Dadurch gab es viele Gaststätten, die abends von den Amerikanern besucht wurden und manchmal war es so, dass auch die Militärpolizei der Amerikaner eingreifen musste. So boten sich eben auch Frauen zur körperlichen Liebe an, manche wurden zu regelrechten Prostituierten. Eine Frau hat sich wohl ebenfalls ihren Lebensunterhalt auf diese Weise verdient. Sie hatte fünf Kinder von verschiedenen Vätern und lebte eben in einem zu sanierenden Haus. Die ältesten Mädchen verdienten, ebenfalls wie die Mutter, bereits ihr Geld durch Prostitution. Eines Tages mussten wir in ihre Wohnung, um mit ihr über den Umzug zu sprechen. Bei unangenehmen Terminen gingen wir immer direkt zu den entsprechenden Gesprächspartnern, sonst bestellten wir sie in das Sanierungsbüro. Ihre Wohnung lag in einem Haus, welches vom Eigentümer umfassend modernisiert werden sollte und dafür konnten wir mit Finanzmitteln der Sanierung die Umzugskosten übernehmen.

In unserem Sanierungsbüro war bekannt, dass diese Frau immer nach dem Einkauf mit einer Taxe mehrmals in der Woche auf Sozialkosten zu ihrer Wohnung fuhr. Das machte manch einem einen „dicken Hals". Als wir in die Wohnung kamen, roch es nach gutem Essen. Übrigens es roch ebenfalls bei unseren weiteren Besuchen immer gut. Bei manch einem Akademiker, den wir ebenfalls zu Hause aufsuchten, war es aufgeräumt, aber es roch unangenehm oder gar nicht nach Essen. Wir kamen am späten Vormittag zu dieser Frau. Eine Tochter lag im Bett, wahrscheinlich musste sie sich von der vergangenen „Nachtarbeit" erholen. Ihr mittelgroßer Hund schlief richtig eingekuschelt unter der gleichen Bettdecke. Die Wohnung, die wir für diese Frau fanden, gefiel ihr sehr und sie wollte einem von uns eine Freude bereiten. Sie bot uns an, mit ihrer Tochter umsonst zu schlafen. Wir waren total überrascht und lehnten dankend ab.

Nach den Absichten der Eigentümer und der Planung für eine Modernisierung schlossen wir eine entsprechende Modernisierungsvereinbarung ab. Die vom Sanierungsbüro bewilligten Zuschüsse zahlten wir nach dem Baufortschritt aus. So waren wir sicher, dass das Geld nicht für eine Urlaubsreise o.ä. „fehlverwendet" wurde. Wir hatten einen „Sanierungs-Kunden", dessen Familie ursprünglich nach Russland auswanderte. Unter Stalin wurden sie gezwungen, nach Kasachstan zu ziehen, nach der Öffnung des „Eisernen Vorhangs" wurden ihre Lebensbedingungen dort nicht mehr erträglich. Sie hätten nach Moskau ziehen können, aber sie entschlossen sich, wieder nach Deutschland als Spätaussiedler zu kommen. Als Vermessungsingenieur fand er eine gute Arbeit und konnte sich ein zu sanierendes Haus in der Altstadt kaufen. Weitere Familienmitglieder aus Russland fanden im Main-Kinzig-Kreis ein neues Zuhause.

Als wir über den Sanierungsvertrag sprachen, hatte ich das Gefühl, dass er mich nicht richtig versteht. Vor allem, als er von der Zuschusshöhe zur Modernisierung hörte, war er regelrecht sprachlos. Durch meine Erkundigungen, ob er mich verstehen konnte, erfuhr ich, dass es ihm wie ein Wunder vorkam. In seinem ganzen Leben hat er noch nie etwas geschenkt bekommen und nun bekam er dafür, dass er sein Haus sanierte sogar Geld. Er und seine Familie waren überglücklich. Zur ersten Abnahme bat er auch unsere Mitarbeiterin des Sanierungsbüros dazu. Als wir in das Haus kamen roch es herrlich nach russischen Spezialitäten. Wir sollten eigentlich den ganzen Abend mit der Familie bei Piroggen und Wodka verbringen, was wir aber nicht annahmen. Aber die Piroggen die wir dankend aßen, schmeckten so herrlich, dass mir das heute noch in guter Erinnerung ist. Bei den nächsten Abnahmen, habe ich vorher sagen müssen, dass uns für so ausführliche und leckere „Abnahmen" leider die Zeit fehlt. In so einer kurzen Zeit war kein Haus in der Altstadt in Eigenregie fertig modernisiert worden, da die gesamte Familie mitgeholfen hatte. Die neunjährige Tochter musste den Einkauf für das Essen der Familie erledigen.

Ein ganz „besonderer Sanierungs-Kunde" wollte zusätzlich zu seiner Modernisierung einen Anbau errichten. Bei den Gesprächen mit seinem Architekten und dem Bauherrn erfuhren wir, dass er seinen gesamten Garten unterkellern wollte. Es sollte ein Atombunker werden. Wir fragten sehr erstaunt nach: „Wie, wirklich, Sie wollen einen Atombunker errichten? Wenn eine Atombombe auf Gelnhausen und Umgebung fallen würde, hätten Sie ja auch keine Überlebenschance. Was treibt sie an, trotzdem so ein teures Bauvorhaben in Angriff zu nehmen?" Seine Antwort: "Als Arzt interessiert es mich, wie es nach einem Atomschlag aussieht und wenn ich nur einmal nach der Vernichtung aus dem Bunker herausschauen kann und dann sterbe!" Wir machten dem Bauherrn klar, dass diese Kosten auf keinen Fall mit in die Modernisierungskosten gerechnet werden können. So blieben für die Modernisierung nur die üblichen Kosten der Haussanierung, ohne den teuren Atombunker. „Der muss ja Geld wie Heu haben!"

Eine weitere außergewöhnliche Sanierung waren drei Brüder als Bauherren, deren Eltern leider nicht mehr lebten. Sie waren aber nicht in der Lage, in ihrem geerbten Fachwerkhaus die Ordnung einigermaßen zu halten. Bei unserem ersten Besuch als Vorbereitung der Modernisierung im Haus viel uns in einer Ecke des Wohnraums ein Haufen, der bis an die Decke reichte, mit schmutziger Wäsche auf. Im nächsten Raum sahen wir einen ähnlichen Haufen mit gewaschener Wäsche. Hier zogen sie sich heraus, was der eine oder andere gerade zum Anziehen benötigte. Im Sanierungsbüro berichteten wir unserer guten Seele, unserer Mitarbeiterin, die die Arbeit im Sanierungsbüro koordinierte, davon. Sie zeigte sich nicht überrascht; denn für sie stand fest, solange die drei Brüder keine Frauen haben, wird sich an ihrer Unordnung nichts ändern.

Ein ebenfalls außergewöhnlicher „Sanierungs-Kunde" war ein Mensch, der eine zweite Identität bekommen hatte. Dieser Mensch hatte ein Haus zur Sanierung erworben. Er erzählte uns, dass er Brandsachverständiger ist und von Versicherungen und manchmal auch vom Bundeskriminalamt zur Untersuchung von Brandfällen beauftragt wird. Oft muss er dann vor Gericht Aussagen machen, wenn er in dem abgebrannten Gebäude Spuren von Brandbeschleunigern gefunden hat. Dies führte meistens zur Verurteilung der Täter. Manche von ihnen haben ihn wohl mehrfach bedroht und sogar sein Auto demoliert. Deshalb erhielt er eine neue Identität. Leider werden wohl die meisten Brände eher von den Versicherungen verfolgt und nicht von den Gerichten, obwohl eindeutig festgestellt werden konnte, dass es sich um Brandstiftung handelte. In Gelnhausen hatte er zur Tarnung eine Heilpraktiker Praxis. Seine Wohnung sah nicht wie eine Praxis aus. Sie glich eher der eines afrikanischen Großwildjägers mit afrikanischen Zebrafellen an der Wand und weiteren Trophäen.

Es gab aber auch „Sanierungs-Kunden" denen wir immer wieder die gleiche Auskunft gaben, die es einfach nicht „rafften". Oft stellten sie immer die gleiche Frage im Sanierungsbüro und wir gaben jedes Mal auch die gleiche Antwort. Bei manchen dauerte es sogar Jahre, bis sie dann endlich bereit waren, mit uns über eine Sanierung ihres Hauses zu sprechen. Andere überschätzen sich und ihre Arbeitsmöglichkeiten, wenn sie möglichst viel in Eigenleistung am und im Haus machen wollten. Wir versuchten, den Menschen möglichst abzuraten während der Modernisierung im Haus zu wohnen, weil wir wussten, dann dauert die Maßnahme noch länger. Aber manch eine Eigentümerfamilie versuchte es trotzdem. Bei einem Haus dauerte die Maßnahme fast fünf Jahre. Inzwischen hatten sie sich daran gewöhnt, dass die unterste Stufe im Treppenhaus noch fehlte. Selbst die inzwischen größer gewordenen Kinder lebten wohl gut mit dem Provisorium.

An den Sanierungsbürotagen gönnten wir uns die Mittagspause im Restaurant. Es war eine willkommene Unterbrechung. Meistens wurde noch über die Besprechungen mit den „Sanierungs-Kunden" gefachsimpelt. Auf diese Weise lernten wir die Gaststätten kennen, die noch einen Mittagstisch anboten, leider sind dies inzwischen immer weniger geworden. So ein Mittag außerhalb des Büros teilte den Arbeitstag sehr wohltuend in zwei Teile. Diese Mittagszeit im Restaurant habe ich auch mit anderen Kollegen in Wiesbaden und bei anderen Projekten gerne eingehalten. Manchmal war ich auch alleine im Sanierungsbüro, da unsere gute Seele ja meistens nur halbtags im Büro war, so dass ich dann nach dem Mittagessen der einsetzenden Müdigkeit gerne ihren Lauf ließ. Ich legte mich in dem hinteren Raum, der mit einem großen Besprechungstisch ausgestattet war, einfach unter den Tisch und machte mein Nickerchen. Vorher bat ich meine Frau, mich in einer Viertelstunde wieder telefonisch zu wecken und schloss die Tür ab. Fremde Anrufe kamen selten um die Mittagszeit. Wenn jemand genau in das Sanierungsbüro hineinsah, konnte er sogar bis in den hinteren Raum blicken. Ich lag halt mit den Füssen ausgestreckt unter dem Tisch. Einmal wurde ich von lautem Klopfen an die Fensterscheibe wach. Eine Frau hatte meine Beine unter dem Tisch gesehen und vermutete einen schlimmen Unfall. Ich konnte sie beruhigen und achtete zukünftig darauf, dass man meine Füße nicht sehen konnte.

Erfurt

Ein besonders berührendes Ereignis war für mich die friedliche Öffnung der Mauer in Berlin und schließlich das Verschwinden der innerdeutschen Teilung. Als junger Mensch hatte ich den Bau der Mauer und die Trennung in OST- und WESTBERLIN mitbekommen. Bevor diese Mauer errichtet wurde, fuhr ich mehrfach mit dem Fahrrad durch das Brandenburger Tor. Eine Woche nach der sensationellen Aussage von Herrn Mielke: „Jeder kann jetzt die innerdeutsche Grenze passieren!", war ich am Potsdamer Platz und habe einen Vopo (Volkspolizist) vor Freude, dass wir jetzt über die Grenze nach Ostberlin gehen können, umarmt. Der Vopo konnte es kaum fassen, dass sich alle Menschen so freuten und glücklich waren.

Die Firma, bei der ich angestellt war, hatte als Landesgesellschaft die Aufgabe, nach der Öffnung der Grenze das ehemalige Grenzlandgebiet, welches zu DDR-Zeiten ein Sperrgebiet war, zu unterstützen. Nach dem Motto: „Hessen hilft Thüringen", war ich bereits im Frühjahr 1990 dort aktiv eingebunden. Offiziell existierte die DDR noch. Doch ich spürte, dass an der Grenze erst weniger und dann nicht mehr kontrolliert wurde. Die frühere strenge Volkspolizei kontrollierte keine Geschwindigkeiten mehr, immerhin galt noch Tempo 100 auf der Autobahn. Ich kann mich noch gut erinnern, dass die Vopos von mir für jeden überschrittenen Stundenkilometer 10 DM – West verlangten.

Ende Januar 1990 wurde ich an einem Freitagmittag zu unserem Geschäftsführer gerufen. Er teilte mir mit, dass das Land Hessen in Erfurt ein Büro eröffnen wird, um jungen Menschen bei der Gründung ihres

Unternehmens zu helfen, und er schlägt vor, dass ich dies organisieren solle. „Wann soll das geschehen?", war meine Frage? „In zwei Wochen! Wir haben schon Firmen aus Eschwege und Kassel, die die Modernisierung der ehemaligen Wohnung und jetzt das Büro der Städtischen Wohnungsgesellschaft, bewerkstelligen sollen. In der DDR gibt es ja keine kleinen Handwerks Firmen, die solche Arbeiten durchführen können." „Wissen diese Firmen denn schon bescheid?", war meine Rückfrage. „Nein!!!" Dann bat ich um die Liste der Firmen, damit ich mich unverzüglich mit ihnen für kommenden Montag verabreden konnte. Ich hoffte, dass die ca. vier Handwerksfirmen alle noch am Freitag telefonisch erreicht werden können. Was mir gelang. Ich verabredete mich mit den genannten Firmen für den folgenden Montagvormittag in der Raststätte am Kirchheimer Dreieck.

Ich kannte die ehemalige Wohnung in Erfurt nicht, wusste nur die Adresse und dass in den Räumen die ehemalige Kommunale Wohnungsverwaltung bis vor kurzem residierte. Ein Kollege von mir hatte mit der örtlichen Post Kontakt, damit sie uns ein Telefon freischalteten und ich mit den Firmen über Material und Termine reden konnte, denn das Telefonieren war in der DDR ein besonderes Privileg, es gab kaum private Telefonverbindungen. Am Montag kamen auch alle Vertreter der Handwerksfirmen und ich konnte mich am Nachmittag bereits mit der Malerfirma aus Eschwege in dem Gebäude in Erfurt treffen. Ich nahm an, als erstes muss alles abgeräumt und alte Tapeten entfernt werden, ein ehemaliges Büro in der DDR entsprach bestimmt nicht den Vorstellungen für ein repräsentatives Büro des Landes Hessen. Hier sollten ja die Mitarbeiter so arbeiten können, wie sie es in Hessen gewohnt waren.

Als ich am Nachmittag im zukünftigen Büro in Erfurt, Lutherstr. 5, ankam, war meine Überraschung groß. Ich musste mir nicht den Schlüssel von der verabredeten Stelle holen. Die Tür war aufgebrochen. Außerdem waren sämtliche Telefonleitungen am Wochenende von Mitgliedern des Neuen Forums herausgerissen worden. So konnte ich also keine Firma per Telefon erreichen, um die wichtigen Termine zu fixieren. Nun hatte mir mein Kollege gesagt, dass ich bei Problemen mit dem Telefon mich an den Leiter des örtlichen Hauptpostamtes Am Anger in Erfurt wenden solle. Das Postamt, in einem ehrwürdigen alten Postgebäude zu Beginn des 20. Jahrhunderts gebaut, war nicht weit entfernt von der Lutherstraße. Ich wollte in das Postamt stürmen und in den ersten Stock gehen, wo ich den Chef des Postamtes vermutete. Zu meiner Überraschung hielt mich eine Schranke mit einem Wachhäuschen auf, aus dem eine Dame herrisch zurückrief. "Halt, wir haben geschlossen!" Nun wusste ich von meinem Kollegen, dass der Chef immer bis mindestens 18:00 Uhr im Büro sei und es war noch nicht einmal 16:00 Uhr. Frech wie Oskar ließ ich mich nicht aufhalten, ich brauchte ja unbedingt das Telefon und sprang einfach über die Sperre in dem breiten Treppenhaus und kam im ersten Geschoss an. Ich klopfte an die Tür, hinter der ich Stimmen vernahm. Der Chef unterhielt sich mit einem Mitarbeiter und schien mich fast erwartet zu haben. Mein Kollege war vor einigen Tagen bei ihm, um alles vorzubereiten. Der Chef wusste bereits von den herausgerissenen Telefonleitungen, alles wegen des Stasiverdachtes des Neuen Forums. Aber mein Wunsch, wenigstens morgen ein funktionierendes Telefon zu erhalten, mit der Möglichkeit in die Bundesrepublik zu telefonieren, ließ sich nicht verwirklichen. Es gab zu diesem Zeitpunkt ja immer noch zwei deutsche Staaten. Im Gegenteil: Mir wurde gesagt, dass es mit dem Telefon mindestens noch eine Woche dauern würde.

Nachdem ich wieder in der Lutherstraße mit der Malerfirma die notwendigen Arbeiten für die nächsten Tage besprochen hatte, blieb mir nichts anderes übrig, als mit dem Auto über die Grenze nach Herleshausen zu fahren, um in dem Postamt die notwendigen Telefonate zu führen. Nun wusste ich, dass Postämter immer pünktlich schließen, und ich musste also bis vor 18:00 Uhr dort sein. Es gelang mir auch, da ich ja auf der Autobahn fast 160 Kilometer pro Stunde fahren konnte, es war so gut wie kein Verkehr. Um 17:45 Uhr erreichte ich das dortige Postamt und stellte zu meinem Schrecken fest, dass es bereits um 17:30 Uhr geschlossen hatte. Trotzdem klopfte ich und eine liebe Frau machte mir auf. Ich erzählte von meinem Missgeschick und bat darum, meine nötigen Telefonate führen zu dürfen. „Machen Sie es nur, ich schalte die Telefonzelle frei und lassen Sie sich Zeit, hier wird noch gründlich gereinigt." Ich war dankbar und glücklich, so konnte ich alle weiteren Firmen informieren und mich mit ihnen für die nächsten Tage verabreden. Von Herleshausen bis zu meinem Wohnort waren es nicht viele Kilometer, so dass ich beschloss, nicht wieder nach Erfurt zu fahren, dafür aber am anderen Morgen frühzeitig in die Lutherstraße 5. Es war fast wie ein Wunder, ich erreichte die „Baustelle" ohne Grenzkontrollen, die nach der Wende nur noch sporadisch und später ganz wegfielen, obwohl die DDR noch existierte und wir noch nicht ahnten, dass es in einigen Monaten wieder ein vereintes Deutschland sein wird. Für die Fahrt von Schlüchtern benötigte ich nur eine Stunde und 15 Minuten. Heute bei dem starken Verkehr und trotz der besser ausgebauten Autobahn benötige ich fast zwei Stunden.

In den sich nun zur „Baustelle" entwickelnden Räumen musste alles erneuert bzw. gestrichen werden. Decken, Wände und auch der Fußboden. Vor allem die Toiletten und die Teeküche sowie die gesamte Elektroinstallation. Nach zwei weiteren Tagen war mir klar, dass das Büro zum gewünschten Zeitpunkt nicht vom Hessischen Wirtschaftsminister eröffnet werden kann. Am Freitag der Woche konnte ich meinen Geschäftsfürer wenigstens über das Erfurter Postamt informieren, denn das Telefon ging immer noch nicht, dass höchstens zwei Räume und der Flur fertiggestellt werden können. Es sollten insgesamt sechs Büroräume werden. Die Sekretärin in Wiesbaden klärte dies mit dem Ministerium ab und der Eröffnungstermin des Hessischen Büros wurde um zwei Wochen nach hinten verlegt. In den Räumen wurden die Decken und Wände erst einmal abgewaschen bzw. die Tapeten entfernt. Anschließend kam eine Elektrofirma aus Eschwege, installierte einen neuen Verteilerkasten und verlegte von dort neue Leitungen für Strom und Telefon, Internet gab es damals noch nicht, natürlich auch für den Türöffner. Die Malerfirma spachtelte alle Leitungen wieder zu und mit dem Tapezieren der ersten zwei Räume konnte begonnen werden.

Was ich nicht erwartete war, dass wir die gesamte Bewohnerschaft des gegenüberliegenden Wohnhauses als Zuschauer hatten. So nach und nach konnte ich erfahren warum? Die Handwerker haben als Zwischenlager die vorhandenen Loggien verwendet und dort sammelte sich ständig das abzutransportierende Material. Es ging alles so schnell, was in der DDR fast nicht möglich war. Wir arbeiteten mit kleinen Westfirmen und nicht mit einem Kombinat aus der DDR, bei dem es Monate gedauert hätte, bis sie überhaupt erst angetreten wären. Diese zügige Arbeitsweise war für die Zusehenden absolut neu. Die Neugierde der umliegenden Bewohner hielt die ganze Woche während der Arbeiten der Westhandwerker an.

Für mich war die Umgebung, als würde ich in meine Berliner Kindheit eintauchen. Das Straßenbild erinnerte mich an die Gründerzeithäuser in Berlin, nur nicht durch Bomben zerstört. Dabei entdeckte ich im gegenüberliegenden Haus ein kleines Schild „Heißmangel" und konnte sehen, wie einige der Menschen mit Körben voller Wäsche in das Haus gingen und dabei oft mit offenen Mündern das Treiben auf unserer Seite beobachteten. Sie kamen nach einiger Zeit wieder mit gemangelter Wäsche heraus und konnten es kaum fassen, was in dieser Zeit bei uns alles geschah. Ich war natürlich neugierig und sah mir diese Heißmangel in einer Wohnung eines gut besuchten Raumes im Erdgeschoss des Hauses an. Eine Frau die sich ihre Rente durch die geringen Heißmangeleinnahmen aufbesserte, mangelte die in Körben mitgebrachte Wäsche. Ich glaube, dass es eine Mangelmaschine noch aus der Zeit vor dem Krieg war. An manchen Tagen bildeten sich regelrechte Warteschlangen von Frauen mit ihren Körben.

Bevor ich das Projekt der Büroräume für das Land Hessen übernahm, habe ich mich nach einer Möglichkeit des Übernachtens erkundigt. Es hieß von meinem Kollegen, dass sei sehr einfach, in der Nähe ist ein hotelähnliches Übernachtungshaus des Freien Deutschen Gewerkschaftsbundes der DDR und dort könnte man übernachten. Dieses Haus lag wirklich nur einige Straßenecken weiter und ich bekam in der 3.

Etage ein Einzelzimmer, was ich während der Arbeiten an den zukünftigen Büroräumen nutzte. Unseren westlichen Hotelrezeptionen Vergleichbares oder evtl. eine Bar für Getränke gab es nicht, dort war nur ein kleiner Schalter als Tresen mit einer wechselnden Besetzung, die manchmal sehr freundlich aber eben manchmal auch sehr abweisend war. In dem Haus des Freien Deutschen Gewerkschaftsbundes war ich nicht der einzige Gast aus Westdeutschland. Andere Hotels und auch Restaurants in Erfurt sind meistens erst später entstanden. Nach der Tagesarbeit wollten die dort Übernachtenden ja gerne noch ein Bier oder etwas anderes trinken. Aber wo? Ein Übernachtungsgast hatte der Dame, die abends Dienst machte, empfohlen, doch Getränke zu organisieren, damit sie diese abends den Gästen anbieten könne, was sie dann auch umsetzte. An einem Abend tranken drei Gäste aus Westdeutschland und ich vor dem kleinen Tresen unser Flaschenbier. Wir kamen ins Plaudern. Alle hatten Pionierarbeit in Erfurt zu erfüllen. Plötzlich fragte mich ein Gast, ob ich nicht mal Kakerlaken sehen wolle, in seinem Zimmer sind welche. Da ich noch nie welche gesehen hatte, ging ich mit in die erste Etage in sein Zimmer. Er ging in das Bad und trampelte stark auf eine Badematte und siehe da, die kleinen Kakerlaken krabbelten aus den Ritzen an der Badewanne. Er zeigte mir noch, wie diese Tiere den Weg aus dem Keller in die „Hotelzimmer" finden. Über die Durchbrüche in den Decken für die Heizungsrohre fanden sie ihren Weg nach oben. Ich habe dann in meinem Zimmer untersucht, ob dort Kakerlaken sind, aber bis in die dritte Etage kamen sie nicht.

Als ich über die noch intakte Grenzanlage der DDR fuhr, musste ich auch den vorgeschriebenen Zwangsumtausch mit einer Quittung belegen. Also blieb mir nichts anders übrig, als in der dafür vorgesehenen Sparkasse mich an dem entsprechenden Schalter mit kleiner Schlitzöffnung anzustellen. Dort musste ich 20 DM-West in 20 DM-Ost umtauschen. Als ich so in der Warteschlange stand, sprach mich ein Herr an, warum ich denn nicht bei ihm tauschen würde, da bekäme ich doch viel mehr. „Aber ich benötige doch die Quittung, die ich an der Grenze abgeben müsse". Das wusste der Herr aber nicht. Bei den folgenden Fahrten entfielen diese Kontrollen, so dass wir keine Quittungen mehr vorzeigen mussten. Ich habe dann auch „privat" West gegen Ost getauscht.

Um mittags oder abends in einem Restaurant essen zu wollten, war dies nicht so einfach. Es gab nicht viele Auswahlmöglichkeiten. Selbst wenn ein Lokal geöffnet hatte und Plätze frei waren, bedeutet dies nicht, dass man sich setzen konnte. In der DDR war es üblich, dass der Kellner oder die Kellnerin einem den Platz anwies. Oft konnte ich hören, dass manche Tische nicht bedient werden, weil die entsprechende Kollegin gerade frei hatte. Aber nach und nach verbesserte sich die Situation, denn es kamen immer mehr „Westler" nach Erfurt, um zu arbeiten und die wollten auch mit Essen versorgt werden.

Durch die doch längeren Arbeiten an dem Büro für das Land Hessen habe ich mir an manchem Abend Kulturveranstaltungen angesehen. Besonders in Erinnerung ist mir der Abend im Kabarett am Domplatz. Das Kabarett hatte mir gut gefallen. Leider waren die Plätze nur zu ca. einem Drittel besetzt. Nach der Wende hatten die Bewohner von Erfurt wohl andere Pläne als in das Kabarett zu gehen, außerdem nahmen einige an, dass das Kabarett noch zu DDR-betont sei. In der Nähe des „Hotels" des Freien Deutschen Gewerkschaftsbundes befand sich auch das Opernhaus von Erfurt. Ich besuchte eine Vorstellung des Barbier von Sevilla. Das Opernhaus ist klein und überschaubar. Es wirkte auf mich wie ein kleines Kino aber mit neuen rot gehaltenen Polstersesseln und renovierten Wänden. Doch in dem kleinen Raum empfand ich die Akustik sehr gedrungen und gedämpft. In der Pause sprach ich andere Besucher an, die mir sehr stolz berichteten, dass sie ihr Opernhaus in Eigenleistung renoviert haben. Nur von außen sieht es noch sehr schäbig aus, zumal an vielen Stellen der Putz abbröckelte. In den späteren Nachwendejahren bekam Erfurt ein neues Opernhaus und aus der von mir besuchten Oper wurde nach einer umfangreichen Modernisierung der Veranstaltungsraum „Alte Oper" für Kleinkunst und anderes.

So nach und nach konnte ich in meinem Projekt Hessenbüro auch schon mal in den zwei ersten Räumen den Teppich verlegen und die von mir bei der Elektrofirma ausgesuchten Lampen montieren lassen. Und vor allem, die von mir in Alsfeld bei einer Möbelfirma ausgesuchten Büromöbel konnte ich liefern lassen. Inzwischen hatte ich erreicht, dass wenigstens ein Telefon funktionierte, aber immer noch mit erheblichen Störungen. Die Telefonverbindungen kamen ja noch aus einem anderen „Staat". Leider konnten wir kaum Materialien für die Umgestaltung der Räume aus der DDR erwerben. Hier herrschte noch die Mangelwirtschaft bzw. das Tauschgeschäft. Ich musste alles mit den Handwerkern vorher besprechen, damit sie die nötigen Materialien im Westen kauften.

Schließlich waren der Flur und zwei Räume fertiggestellt. Die ausgesuchten und georderten Möbel für die Räume aus Alsfeld waren inzwischen geliefert wurden. Die Lampen waren montiert. Das Land Hessen konnte das Büro in der Lutherstraße 5 eröffnen. Mit der Sekretärin unseres Geschäftsführers wurde die Lieferung der erforderlichen Getränke und Snacks für die Büroeröffnung sowie alle Termine verabredet. Das Telefonieren war immer noch nicht einfach. Am Eröffnungsfreitag wurde der Hessische Wirtschaftsminister, unser Geschäftsführer mit weiteren Vertretern aus Hessen und dem noch zu bildenden Lande Thüringen erwartet. Die Eröffnung der neuen Büroräume sollte um 14:00 Uhr sein. Doch die Zeit verging und es kam kein Mensch. Ich dachte, vielleicht haben die verabredeten Termine doch nicht geklappt. Schließlich um 14:30 Uhr kamen alle geladenen Gäste und die offizielle Vertretung des Landes Hessen in dem noch zu bildenden Land Thüringen konnte eröffnet werden.

In den später noch fertiggestellten Räumen arbeiteten außer der HLT (Hessischen Landes und Treuhandanstalt) noch weitere Vertretungen des Landes Hessen. Das Vertretungsbüro des Landes Hessen war für viele Menschen eine erste Anlaufstelle, immer unter dem Motto: Hessen hilft Thüringen. Vor allem wurden Menschen beraten, die sich mit einer eigenen Firma selbständig machen wollten.

Tiefenort

Nach dem abgeschlossenen Projekt in Erfurt war klar, wir müssen bei dem Aufbau in der ehemaligen DDR helfen. Es herrschte eine regelrechte Aufbruchsstimmung, so ein wenig wie Pionierarbeit. Wir „Westler" waren überzeugt, mit unserer Energie und dem Willen können wir den Aufbau im Osten, ähnlich wie in der Nachkriegszeit während des Wirtschaftswunders, schaffen. Vielen Menschen in der Ehemaligen fiel das selbstverantwortliche Arbeiten schwerer als uns. Wir waren es seit der Schulzeit gewöhnt und in der DDR war es das Gegenteil, hier sollte man angepasst werden. Ich glaube es war, als würde man alles neu erlernen müssen. Im Frühjahr 1990 wurde langsam klar, dass es wohl freie Wahlen geben wird und ein Anschluss an die Bundesrepublik kommen wird. Es wurden Vorbereitungen getroffen, dass aus den DDR-Bezirken wieder einzelne Föderalismusländer werden sollten. Aus den Bezirken Erfurt, Gera und Suhl sollte Thüringen entstehen. Da nun das Bundesland Hessen zukünftig einen östlichen Nachbarn bekommt, kam die Losung auf: „Hessen hilft Thüringen". Die Bundesrepublik legte ein Förderprogramm für den ehemaligen DDR-Grenzstreifen, ca. 5 Kilometer von der Grenze, auf, der besonders in der Entwicklung vernachlässigt war. Dieser Grenzstreifen war für normale DDR-Bürger Sperrgebiet. In diesem Gebiet sollten durch das Förderprogramm Gewerbeentwicklungen entstehen.

Wir waren für den angrenzenden Teil in Hessen verantwortlich und haben die sogenannten fünf Kilometerzonen nicht so eng gesehen. Unser Ziel war es, in dem ehemaligen Grenzstreifen einige Gewerbegebiete zu entwickeln. So kam es, dass wir ein Gewerbegebiet in Tiefenort entwickeln sollten, welches rund 25 Kilometer von der alten DDR-Westgrenze entfernt war. In dem rund sechs Hektar großen Gewerbegebiet sollten 200 Arbeitsplätze neu geschaffen werden. Hierbei orientierten sich die westlichen Behörden nach Weststandard.

Der damalige Bürgermeister von Tiefenort, frisch gewählt und mit wenig Erfahrung, war dankbar für die professionelle Hilfe durch uns erfahrene Stadtplaner aus Hessen. Bevor wir aber mit der eigentlichen Arbeit beginnen konnten, zeigte uns der Bürgermeister sein Tiefenort. Ein kleines Städtchen mit rd. 4.000 Einwohnern, was sehr stark unter dem Kaliabbau gelitten hat. In DDR Zeiten war das Ableiten des salzhaltigen Abwassers in die Werra auf Grund einer Vereinbarung mit der Bundesrepublik nicht mehr möglich. Das damalige Kali-Kombinat half sich mit dem Verpressen der Salzlauge in das Erdreich. Der Bürgermeister machte uns auf die Gullys, die mit weißlichem Salzrändern verkrustet waren, aufmerksam. „Jetzt wird es immer schlimmer, in den Gärten kommt das Salz auch schon hoch".

Das Gebiet, welches als neues Gewerbegebiet entwickelt werden sollte, wurde früher ebenfalls vom Kali-Kombinat genutzt. Seit Jahren aber nicht mehr. Ein viergeschossiger Ziegelbau stand mitten im Gelände und am ehemaligen Eingang gab es ein leer stehendes Pförtnerhäuschen. So beschlossen wir, unser örtliches Büro in diesem Pförtnerhäuschen einzurichten. Im Frühjahr 1990 ergaben sich die gleichen Schwierigkeiten mit der Telefonleitung wie in Erfurt. Es gab kaum Verbindungen in die „ehemalige" Bundesrepublik. Ein Freund arbeitete bei einer Telefonfirma und stellte mir für einige Wochen ein sogenanntes C-Telefon zur

Verfügung. Das war ein schwerer Kasten mit einem Telefon, das mich an die Feldpost-Telefone aus dem zweiten Weltkrieg erinnerte, nur das die Kurbel fehlte. Ich nahm es im Auto mit zu dem alten Pförtnerhäuschen und wusste nicht, ob der Empfang noch bis in den Westen reichen würde. Meine Freude war groß, als ich von Tiefenort vor dem Büro über das C-Telefon telefonierte und mein Büro in Wiesbaden sich meldete. Weil wir Vertreter, Emmi, unser Spezialist für die Erschließung, unser Abteilungsleiter und ich als Projektleiter aus Hessen nicht täglich im Büro anwesend waren, suchten wir eine Sekretärin vor Ort. Wir fanden eine, die im Kali-Kombinat gerade aus der Personalabteilung entlassen worden war und in dem Nachbarort Kieselbach wohnte. Unser kleines Ortsbüro wurde mit zwei Büroräumen und einem Besprechungsraum ordentlich eingerichtet. Hier besprachen wir mit den von uns beauftragten Ingenieur- und Ausführungsfirmen die notwendigen Arbeiten. Im Laufe des Jahres konnten wir uns dann mit einer kleinen neuen Telefonanlage, mit drei funktionierenden Telefonapparaten, überallhin verständigen. Allerdings gab es nach einem schweren Gewitter einen Kurzschluss in dem Telefonverteilerkasten. Da ging erst einmal wieder gar nichts. Die Telefon-Störungsstelle schickte uns erst einen Techniker, der dann seinen Auftrag zur Beseitigung der defekten Anlage an einen Subunternehmer weiter gab. Dieser schickte wieder einen weiteren Subunternehmer, der aber zugab, er könne das nicht reparieren. So ging das noch mehrere Male und schließlich kam ein Techniker, der wenigstens zwei der Telefone wieder benutzbar machte. Wir hatten das Gefühl, im falschen Film zu sein.

In den Anfängen der Umorientierung von den alten DDR-Bezirken zum Bundesland Thüringen waren viele Menschen betroffen und einige waren sehr verunsichert, was ihre Zukunft betraf. Vor allem hatten die meisten Menschen Angst, arbeitslos zu werden. Unsere Arbeit im Ortsbüro wurde von vielen als sehr ehrlich angesehen, zumal wir immer im engen Kontakt mit dem Landratsamt in Bad Salzungen arbeiteten. Es sprach sich einfach herum, dass wir keine Vertreter aus dem Westen waren, die unerfahrene Menschen über den Tisch ziehen wollten, um für sich nur einen finanziellen Vorteil zu haben. So suchten oft Menschen unser Büro auf, die nur einen Rat brauchten, wie sie mit dem oder jenem umgehen sollten. So kamen eines Tages sogar zwei Musiker, die im klassischen Orchester in Bad Salzungen gespielt hatten, dass nun aufgelöst wurde, und fragten, ob wir ihnen nicht helfen könnten.

Im Laufe der Arbeit am Projekt Erschließungsmaßnahme Tiefenort ergaben sich Probleme mit den zuständigen Mitarbeitern im Landratsamt Bad Salzungen. Einige Mitarbeiter von Ämtern, mit denen wir wegen der Bewilligungen für Firmengründungen oder Gewerbeanmeldungen zu tun hatten, waren zum nächsten Termin eine Woche später nicht mehr an ihrem Schreibtisch. Der zuständige Abteilungsleiter sagte uns daraufhin, sein größtes Problem sei, immer neue Mitarbeiter einzuarbeiten. Die alten seien wegen der Stasi-Untersuchungen zu entlassen und hätten ihren Schreibtisch am nächsten Tag bis 12:00 Uhr zu räumen. So gab es jede Woche eine Überraschung, wer nun weiter unser Gesprächspartner war. Aber eine andere Tatsache machte uns immer trauriger. Wir erfuhren, dass jede Woche immer wieder mehrere hundert Mitarbeiter vom Kali-Kombinat und von der ehemaligen Volksarmee, in Bad Salzungen gab es eine große Kaserne, entlassen wurden. Meistens waren ganze Familien betroffen und viele wussten nicht mehr, wie es weitergehen sollte. Besonders gravierend war die Reduzierung der Arbeitsplätze im Kali-Kombinat. Von ursprünglich rund 8.000 Firmenmitgliedern wurden 1992 nur noch 2.000 beschäftigt und bis zur endgültigen Stilllegung waren es dann nur noch um die 100 Mitarbeiter. Diese versuchten, ein Besucher-Bergwerk zu schaffen, was Jahre dauerte und ihnen unter großen Mühen nur gelang.

Rund ein Jahr vor der Wende gab es in dem Kali Werk Merkers einen Bergbruch, bei dem der Zugang zur einmaligen Kristallgrotte zugeschüttet wurde. Diese Grotte mit den großen Salzkristallen in ca. 800 Metern Tiefe entdeckten Kalimitarbeiter erst 1980. Von einem Mitarbeiter des damaligen Kali-Kombinats erfuhr ich den möglichen Grund des Bergbruchs. In einigen Bereichen des Bergwerks wurde das Rohmaterial für die Düngemittelproduktion des Kalis sehr knapp. Das gesamte Abbaugebiet wurde in Felder eingeteilt und jedes Feld hatte wie ein Tisch „Füße", damit der Berg durch den Kaliabbau nicht einstürzen konnte. Diese „Füße" hatten wohl schon eine Größe von fast zwanzig mal zwanzig (20x20) Metern und so ergaben sich für vier Felder sehr ergiebige Bergflächen mit gutem Abbaumaterial. Zu DDR-Zeiten hatten wohl einige Ingenieure gemeint, diese Bergflächen reduzieren zu können, um leichter an Abbaumaterial zu kommen. So wurden diese „Füße" leichtsinnigerweise reduziert und es muss wohl zu diesem fürchterlichen Bergbruch mit mehreren Toten gekommen sein, weil ein „reduzierter Fuß" nicht mehr standhielt und einstürzte. Dieser Einsturz verschüttete den eigentlichen Zugang zu der Kristallhöhle. Der Mitarbeiter war während seiner Arbeit im Kali-Kombinat jeden Tag nach unten eingefahren und erzählte von dem unheimlichen Knacken schon mehrere Tage vor dem Bergbruch. Das Unglück wurde aber von DDR – Seite, wie andere negative Nachrichten oft ebenfalls, einfach „totgeschwiegen", es durfte nicht darüber berichtet werden.

Zu meinen Aufgaben bei der Gewerbegebietsentwicklung gehörte natürlich auch die genaue Kenntnis der Umgebung. So bemühten wir, die Projektmitarbeiter für Thüringen, uns um eine ausführliche Besichtigung des Kaliwerkes in Merkers. Wann hatten wir schon mal so eine Gelegenheit, bei noch laufendem Betrieb des Kaliabbaus in das Bergwerk einzufahren? Nachdem wir in der Kaue die Bergmannskleidung angezogen hatten und mit Helm und Karbid-Grubenlampe ausgestattet waren, ging es zum Aufzug in die Tiefe. Dieser Aufzug war einem Käfig nicht unähnlich, er klapperte bis in ca. 500 Meter Tiefe. Dort wartete ein offenes altes Armeefahrzeug mit Sitzbänken auf uns. Diese waren auf der umgebauten Ladefläche montiert. Das ganze Fahrzeug glich einem vergrößerten Jeep und hatte keinen Aufbau mit Dach. Sofort fiel mir auf, dass es relativ warm in der Tiefe war, ca. 25°, aber es zog hier ordentlich. Dies hing mit der künstlichen Belüftung über große Exhauster zusammen. Ohne diese Belüftung wäre dort unten kein Arbeiten möglich.

Beim Durchfahren der großen Stollen gab es immer wieder dicke Plastik-Tore, die das Fahrzeug einfach aufstieß. Ferner gab es richtige Tore die erst aufgeschlossen werden mussten. Das komplizierte System der Belüftungsanlage ist notwendig, damit es nicht zu Belüftungsstörungen kommen kann. Das gesamte

Tunnelsystem, das noch für den Kali-Abbau in Betrieb war, betrug mehr als 80 Kilometer. Eine Besonderheit ist noch zu erwähnen. Mit der DDR und dem Land Hessen wurde eine Vereinbarung geschlossen, dass die Kali-Abbaustollen von der DDR unter der Erde auch über die Grenze nach Hessen reichen dürfen. Das gleiche Recht bekamen die Kali Werke in Hessen mit dem Vorantreiben der Stollen beim Abbau des Kali-Rohmaterials unter das Gebiet der DDR. Diese unterschiedlichen Stollen lagen aber in unterschiedlichen „Erdstockwerken".

Auf unserer Besichtigung legten wir mehr als 25 Kilometer in dem offenen Fahrzeug zurück, wobei die Stollen uns noch weiter in die Tiefe führten. Die Stollen, die recht breit und hoch waren, beim Salzabbau müssen keine Abstützungen erfolgen, wie in anderen Bergwerken. An den Decken mancher Stollen lief ein Förderband, auf dem das abgebaute Material in den Großbunker des Bergwerks geführt wurde. Dieser Großbunker, mit einer Ausdehnung von 250 Metern Länge, 22 Metern Breite und bis zu 17 Metern Höhe, war der ganze Stolz der Kumpel. Der Bunker, in dem bis zu 50.000 Tonnen Abbau-Salz zwischengelagert werden konnten, war für die kontinuierliche Förderrung des Abbau-Salzes an die Oberfläche erforderlich. So gab es auch an Tagen, an denen gesprengt wurde sowie an Wochenenden oder durch Störungen keine Förderunterbrechung. In diesem Bunker befindet sich der größte Schaufelradbagger der Welt, der in einem Bergwerk arbeitet. Dieses Monstrum wurde zu DDR-Zeiten in Einzelteilen, wie ebenfalls viele große Maschinen und Fahrzeuge, in die Tiefe befördert.

Sehr bedrückend empfand ich bei meinem Besuch unter Tage, als wir in einen fast dunklen Raum die ehemaligen Schlafkojen der Zwangsarbeiter sahen. Einige Holzabtrennungen waren noch vorhanden. Sie hatten eine Höhe von ca. 50 cm und sollten wohl ein wenig Privatsphäre dieser armen Menschen ermöglichen. Als ich noch zwei verschlissene Strohsäcke und sogar noch Schuhe und Kleidungsstücke entdeckte, blieb mir fast die Luft weg. Es erfasste mich eine beschämende Traurigkeit über das Verbrechen der Nazis. Was müssen sich damals für grauenhafte Schicksale in dem Bergwerk abgespielt haben. Die Zwangsarbeiter mussten nicht nur Kali abbauen, sondern es wurden auch Teile für die Kriegsproduktion, u. a. für die Raketen V1 und V2, hergestellt. Sie blieben während ihrer Zwangsarbeit die ganze Zeit unter Tage.

Eine wieder angenehme Besichtigung war die 1980 entdeckte Kristallgrotte mit Salzkristallen von bis zu einem Meter Kantenlänge. Diese Höhle in rd. 800 Meter Tiefe wurde für uns extra beleuchtet damit wir die prächtigen Farben der Salzkristalle sehen konnten. Der eigentliche Zugang durch einen separaten Aufzug ist leider durch den bereits erwähnten Bergbruch in den 80er Jahren zugeschüttet.

Durch die ständigen Bombenangriffe der Alliierten zum Ende des Zweiten Weltkriegs wurden 1945 große Teile des Vermögens der Reichsbank in Form von Raubgold, Bargeld in Reichsmark und Kunstschätzen in gesicherten Räumen des Bergwerks eingelagert. Darunter sollen sich Bilder aus der Gemäldegalerie in Berlin, u.a. auch die Büste der Nofretete, befunden haben. Eine Zeit lang wurde vermutet, dass sich dort auch das Bernsteinzimmer befand. Die amerikanischen Truppen entdeckten die „Schätze" am 8. April 1945. Einige US-Generäle begutachteten die „Schätze" im April 1945 in der Grube Merkers, auch der spätere Präsident der Vereinigten Staaten Dwight D. Eisenhower soll sich die „Schätze bzw. Kunstwerke" angesehen haben.

Nach der Wende führte die Schließung des Kaliwerkes in Dorndorf und später auch die Einstellung der Kaliproduktion in Merkers zu einer sehr großen Zahl von Arbeitslosen im Werratal. Die Kali-Werra AG fusionierte 1993 mit der Kali und Salz GmbH. Noch im selben Jahr wurde der Bergbau in Merkers zu Gunsten des Werkes in Unterbreizbach eingestellt, das näher zur Landesgrenze nach Hessen lag. Seit Ende der Förderung wurden im Grubenrevier Merkers in den Schächten Sicherungsarbeiten durchgeführt, um das Bergwerk als Erlebnisbergwerk umzugestalten. Das einzige Werk im Werratal in Unterbreizbach konnte natürlich nur noch wenige Mitarbeiter beschäftigen.
Viele der noch wenigen Kali-Mitarbeiter hatten zuerst nicht den Mut, das Risiko mit dem Erlebnisbergwerk einzugehen. Es mussten Sicherheitsanforderungen für die Besucher erfüllt werden. Auch wir machten ihnen Mut und verwiesen auf bestehende Besucherbergwerke in Hessen. In den späteren Jahren hat sich die Einrichtung des Besucherbergwerks als eine richtige Entscheidung herausgestellt. Der ehemalige Großbunker für Abbausalz in rd. 800 Metern Tiefe wird heute sogar für Eventveranstaltungen genutzt und dient auch als Konzertsaal mit ungewöhnlich guter Akustik.

Unsere Aufgabe, für das neue Gewerbegebiet Firmen zu gewinnen und dort anzusiedeln, um örtliche Arbeitsplätze zu schaffen, war dagegen nur ein Tropfen auf den heißen Stein. Menschen, die eine neue Existenz aufbauen wollten, erhielten von uns eine große

Unterstützung. Wie oben erwähnt, war die vorhandene Kali-Industrie eigentlich mehr mit der Abwicklung befasst. Neue Arbeitsplätze konnte sie nicht schaffen. Außer in den Gemeinden gab es noch keine funktionierenden Verwaltungen. Vor allem gab es noch keine Landes-Verwaltungen, so orientierten wir uns an den Vergabe-Verfahren aus Hessen für öffentliche Mittel. Die Thüringische Gebietsreform kam erst später und die Gemeinden begannen, sich an die Gemeindeordnung von Rheinland-Pfalz anzulehnen, nicht an Hessen. So waren wir genötigt, bei der Vergabe von Aufträgen und auch den entsprechenden Abrechnungen, zu improvisieren. Wir verhielten uns so, wie wir es in Hessen bei öffentlichen Aufträgen praktizierten und lagen damit sehr richtig. Manche Abrechnungen für die Grenzland-Förderobjekte in den angrenzenden westlichen Bundesländern waren nicht ordnungsgemäß, oder es fehlten teilweise sogar die Unterlagen der Abrechnungen. Unsere Grenzland-Förderprojekte waren ein Erfolg.

Wir hatten für die Bürgermeister der betroffenen Kommunen der Grenzland-Förderprojekte Krauthausen, Mühlhausen, Eisenach und Tiefenort und die Mitarbeiter in den aufbauenden Verwaltungen der Kreise und dem Landesverwaltungsamt in Weimar Seminare veranstaltet. Dort bekamen sie Erläuterungen und Hilfen für das Bundesbaugesetz. Einige Seminare haben wir auf der Wartburg bei Eisenach durchgeführt. Ich erinnere mich noch an eine Rückfahrt mit dem verantwortlichen Abteilungsleiter des Landratsamtes in Bad Salzungen. Es war bereits dunkel und ich stoppte vor einem Schlagloch mein Fahrzeug. „Wieso stoppen Sie denn?" „Wegen des Schlaglochs!" „Das war doch ein befahrbares Schlagloch." „Was ist denn ein Unbefahrbares?" „Dort bleibt man sofort liegen!" Durch diese Schulungen gewannen wir erhebliches Vertrauen bei den Mitarbeitern und können uns nach Jahren auch noch in den Verwaltungen guten Gewissens sehen lassen, da wir ihnen ehrlich halfen und sie nicht „über den Tisch gezogen haben", wie es viele sogenannte Berater aus dem „Westen" taten.

Zu der Anfangszeit, als das Telefon noch nicht gen Westen funktionierte, fuhr ich während der Adventszeit zu einem Termin nach Bad Salzungen. Zum Frühstück in meinem Haus hatte ich die erste Kerze des Adventskranzes angezündet. Während der eineinhalb stündigen Autofahrt beschäftigte mich immer mehr die Frage: „Hast du oder hast du nicht die Kerze am Adventskranz gelöscht??? Mit diesem unsicheren Gedanken kam ich in Bad Salzungen an. Ich erzählte der dortigen Sekretärin nur: „Ich weiß nicht, ob ich die Kerze am Adventskranz gelöscht habe! Ich müsste nach Hause telefonieren, um meine Frau in ihrem Büro zu bitten, dass sie mal in unserem Haus nachschaut. Es ist ein selbst gebundener großer Adventskranz und er hängt in dem Holzhaus. Ich schätze, dass die Kerze bis 13:00 oder 14:00 Uhr brennen wird. Telefonieren aus dem Büro meines Gesprächspartners war nicht möglich. Er machte den Vorschlag, es über die Sekretärin des Landrates zu versuchen, dessen Telefon hat eine bessere Möglichkeit, in die BRD bzw. nach Hessen zu telefonieren. Es war immerhin Dezember 1990, aber von 9:30 bis 13:00 Uhr hatten die Sekretärin und eine weitere Mitarbeiterin es immer wieder probiert, aber sie erhielten erst gegen 13:00 Uhr eine Telefonverbindung nach Schlüchtern. Dort erreichten sie nur die Kollegin meiner Frau, die später meine Frau in unser Haus schickte, um nachzusehen. Ich war am Abend nach der Rückkehr aus Bad Salzungen und Tiefenort erleichtert, es war alles in Ordnung, die Kerze hatte ich ausgeblasen.

Als ich an einem Dienstagmorgen in unser Büro nach Tiefenort kam, bat mich unsere Sekretärin, gleich auf das Gelände des Gewerbegebietes zu gehen. Dort ist wohl ein großes Problem mit dem Untergrund für den Straßenbau entstanden. Ich ging sofort zum Polier und zum Baggerfahrer. Die berichteten, dort, wo sie den Untergrund für den Straßenbau ausheben und mit Schotter auffüllen wollten, stießen sie auf diese fast 30 cm hohe schwarze Schicht. „Es ist wie Schmiere, meinen Bagger habe ich schon damit an den entsprechenden Stellen geschmiert", sagte der Baggerfahrer. Die Arbeiten wurden an dieser Stelle sofort gestoppt. Unsere Bedingung für die Errichtung eines neuen Gewerbegebietes in Tiefenort war, wir müssen mit den bewilligten 6 Millionen auskommen. Sollten sich größere Probleme ergeben, müssen wir das Projekt abrechen und alle Verpflichtungen begleichen. Sofort rief ich unseren Bodengutachter in Kassel an, unser Telefon funktionierte zu diesem Zeitpunkt nach Westen einwandfrei.

Dieser konnte es so einrichten, dass er noch am gleichen Tag nach Tiefenort kam. Inzwischen hatte ich über einen ehemaligen Kali-Mitarbeiter herausgefunden, dass sich auf dem Gelände in den 30er Jahren eine ehemalige Gaskokerei befand. Der Bodengutachter vermutete richtig, dass von der Gaskokerei Abfälle einfach auf das Erdreich geschüttet und später mit Erdreich überdeckt wurden. „Bei der Menge und der dicken Schicht, sie war wie Gummi, müssen wir die ganze Schicht abtragen lassen!" seine ernsten Worte. „Was könnte dies ungefähr kosten?" meine besorgte Frage. „Mit ca. zwei Millionen DM müssen sie mindestens rechnen!" „Dann bedeutet das das „Aus" dieses Projektes!!!", waren meine abschließenden Worte, bevor der Gutachter wieder nach Kassel abfuhr. Als der Gutachter in seinem Büro ankam, rief er mich an. "Ich habe mir während der Rückfahrt überlegt, wenn die Gaskokerei bereits 1930 geschlossen wurde, müsste alles Schädliche bereits ausgespült und über die Werra in der Nordsee gelandet sein! Um dies festzustellen, müssten wir vor dem Gewerbegebiet eine Probebohrung anlegen und hinter dem Gebiet in Richtung Werra fünf weitere Bohrungen vornehmen. Dann können wir anhand der Ergebnisse beweisen, dass das Wasser unterhalb des Gewerbegebietes unbelastet ist. Wenn dem so sein sollte, können wir die ganze Schicht einfach im Boden lassen und müssen nur darauf achten, dass sie nicht zerstört wird." Nachdem er mir auch noch den ungefähren Preis für die sechs Bohrungen mit 60.000 DM angab, beschloss ich, dass die Maßnahme weitergebaut werden konnte. Die Einschätzung des Bodengutachters erwies sich noch nach einem Jahr als richtig. So konnten wir die Gewerbemaßnahme Tiefenort erfolgreich weiter fortführen.

Wenn wir Kollegen, die für die grenznahen Projekte in Thüringen arbeiteten, mehrere Tage hintereinander tätig waren, haben wir in der Anfangszeit nach der Wende im angrenzenden Gebiet in Hessen, Raum Hersfeld oder Hohenroda, übernachtet. Oft haben wir uns mit unseren Kollegen, die für die Grenzlandprojekte Verantwortung trugen, verabredet und konnten an gemeinsamen Abenden Erfahrungen austauschen. Am nächsten Morgen fuhren wir dann wieder zu den entsprechenden Projekten. Diese Abende trugen mit Sicherheit dazu bei, dass wir die Arbeit trotz aller Schwierigkeiten immer mit großer Freude machten.

Wenn wir nicht übernachteten, hatten wir eine andere schöne Möglichkeit gefunden, uns auszutauschen. Morgens nach längerer Fahrt aus dem Rhein-Main-Gebiet trafen wir uns in einem Ort neben der Autobahn in einer kleinen Gaststätte und Metzgerei, um unser zweites Frühstück einzunehmen. Nach getaner Arbeit haben wir dies meistens mit einer Pause auch auf der Rückfahrt gemacht. Dort haben wir dann unseren Frust oder aber auch unsere erfolgreichen Tagesergebnisse besprochen, so dass wir wieder frei im Kopf wurden. Da aber dieser Wirt meist sehr unwirsch, um nicht zu sagen unfreundlich war, haben wir ihn einfach „Grimmo" genannt und trotzdem trafen wir uns immer bei ihm.

Ein Sitzungstermin der Gemeindevertretung in Tiefenort verzögerte sich, und ich wurde gefragt, ob ich noch bleiben könne. „Dann muss ich aber übernachten!" meine knappe Antwort. „Können Sie mir eine Übernachtung organisieren?" fragte ich den Bürgermeister. „Kein Problem". Er kümmerte sich um eine private Übernachtung bei einer Frau in Tiefenort. Bis zu diesem Zeitpunkt fuhren wir Projektmitarbeiter immer wieder zum Übernachten nach Hessen, da in Tiefenort und in den anderen Orten in Thüringen zum Teil keine Übernachtungs-Möglichkeiten existierten. Die Frau, die mir das Zimmer ihres nicht mehr im Haus wohnenden Sohnes zurecht machte, war sehr stolz, einen Besucher aus Hessen bei sich aufzunehmen. Ich konnte gut schlafen. Am Morgen, ich war gerade im Bad, übrigens noch mit einem mit Holz zu heizenden Badeofen, fragte mich meine Wirtin, ob ich noch heißes Wasser zum Duschen benötige. Sie stand hinter der Tür mit einem Wasserkessel mit heißem Wasser, sie hätte den Badeofen nicht so stark angeheizt. Ich verneinte, es war alles für mich ausreichend.

Meine größte Überraschung lag aber noch vor mir. Es handelte sich um das Frühstück. Ich kam in ihr Wohnzimmer, dort standen ein Sofa mit zwei Sesseln und davor ein Couch-Tisch. Eine sehr typische Möblierung eines Wohnzimmers, auch aus der alten Bundesrepublik der 60er Jahre. Dieser Couch-Tisch der voll gedeckt war mit allem, was das Herz begehrt. „Wer kommt denn noch?" „Niemand!" Ich konnte es fast nicht glauben, für den geringen Übernachtungspreis hatte sie für mich aus dem „Westen" alles nur Erdenkliche aufgefahren. Mich berührte es zutiefst und ich bedankte mich. Ich habe vielleicht noch nicht einmal ein Viertel der angebotenen Gaben zum Frühstück verzehren können.

Das zu entwickelnde Gewerbegebiet in Tiefenort hatte eine Größe von rd. sieben Hektar. Mittendrin stand ein viergeschossiger Backsteinbau, der noch sehr gut erhalten war. Dieses Gebäude diente während der Produktionszeit als Salzlagergebäude. Im nahegelegenen Dorndorf stand ebenfalls ein Produktionsgebäude der ehemaligen Kali-Produktion. Dieses Gebäude, so wie auch das in Tiefenort, waren wahre Ingenieur–Kunstbauwerke, vor allem die außergewöhnliche Holzkonstruktion über mehr als vier Geschosse. In Dorndorf war aber schon ein großer Teil des Gebäudes abgebrochen. Dadurch konnten wir die herausragende Konstruktion erkennen. Im vierten Obergeschoss klapperte eine noch nicht beseitigte Tür im Wind, es war fast wie in einem richtigen Krimi. Im Inneren des Gebäudes verbarg sich aber eine Stahlkonstruktion. Da sich das Rohsalz des Kaliabbaus und das fertige Düngemittel Kali mit dem Stahl nicht vertragen hätten, es hätte zu starken Rostbildungen geführt und die Tragfähigkeit wäre nicht mehr gegeben, wurde die gesamte Stahlkonstruktion mit Holzstützen und entsprechenden Balken verkleidet. Diese herausragende Holzkonstruktion war es, die unsere besondere Beachtung längst vergangener Ingenieurbaukunst fand.

Die Salzproduktion wurde in Tiefenort auf dem jetzt zu entwickelndem Gewerbegebiet schon zu DDR-Zeiten eingestellt. Als neue Nutzung wurde in dem gesamten Backsteinbau eine Hühnerfarm eigerichtet. Auch diese neue Produktion stellte man nach der Wende ein. Wir konnten in den einzelnen Geschossen die leeren Flächen mit den Wärmelampen für die Hühner noch sehen. Hiermit wurden die Hühner, überwiegend Hähnchen, auf einen Acht-Stundenrhythmus gebracht, um sie schneller schlachtreif zu bekommen. Nach ca. sechs bis acht Monaten war es dann soweit, dass die ganze Hühnerbagage geschlachtet werden konnte. Alle Räume wurden desinfiziert für die nächste Generation Hühner. Bei meiner ersten Besichtigung fiel mir sofort dieser strenge Geruch nach Chemikalien auf. Das viergeschossige Gebäude mit seinen sichtbaren Holzstützen in allen Etagen und der äußeren Klinkerfassade, ca. aus den Jahren vor dem ersten Weltkrieg, war sehr gut erhalten. Deshalb versuchte ich, einen Investor für das Gebäude zu finden, der es umbauen und nutzen würde. Wie oft hörte ich von möglichen Investoren, wenn das Gebäude im Rhein-Main Gebiet stünde, könnte ich es sofort vermarkten, aber dort in der ehemaligen DDR und so weit ab vom Schuss nie. Es ist mir nicht gelungen einen Käufer zu finden. Über ein Jahr habe ich es versucht. Der Kreisverwaltung stellte ich die entscheidende Frage, ob der Kreis einverstanden sei, jährlich rd. 350.000,00 Euro für die laufenden Kosten bereitzustellen? Diese Frage wurde verneint und erst danach beschloss ich, den Abbruch voranzutreiben.

Da es aber immer noch stark nach Desinfektionsmitteln roch, ließ ich ein Gutachten über die eventuelle Belastung des Abbruchmaterials erstellen. Zu meiner Überraschung stellte sich heraus, dass für die Desinfektion des Gebäudes ganz normale Mittel verwendet wurden, die auch in Krankenhäusern benutzt werden. Also keine Bedenken, den Abbruch der Ziegelsteine zu schreddern und ihn wieder für den Straßenbau einzusetzen. Das Holz wurde separat abgebrochen und ebenfalls zu Hackschnitzeln als Brennmaterial verarbeitet. Die beim Abbruch ausgebauten Stahlträger kamen zur Verhüttung in ein Stahlwerk. So blieb nach dem Ausbau auch des Kellergeschosses nur noch das zu schreddernde Ziegelmaterial auf dem Gelände. Es diente als willkommener Unterbau für die zu errichtenden Straßen auf dem Gelände.

In meinem bisherigen Leben hatte ich eigentlich nie so bewusst Thüringer Bratwürste gegessen. Von meiner Sekretärin im Büro in Tiefenort erfuhr ich den gravierenden Unterschied zu den Bratwürsten, die ich bis dahin gerne verzehrt hatte. Gegenüber unserem Ortsbüro gab es einen kleinen Imbiss der originale Thüringer Bratwurst verkaufte. Ich nutzte die Mittagspause, um mir die Bratwurst zu bestellen. Die schmeckte mit Senf und Brötchen einfach hervorragend. Ich konnte feststellen, dass diese Bratwurst nicht so fest gestopft, eher locker aber gut kross war. Meine Sekretärin meinte, außerdem wurde kein Konservierungsmittel verwand, das sei für DDR-Verhältnisse viel zu teuer. Sie musste es wissen, denn ihr Mann machte gerade eine Metzger-Meisterausbildung in Frankfurt am Main. Wir aus dem Hessenland nutzten jede Gelegenheit, wenn wir in Tiefenort waren, um dort eine oder auch manchmal zwei Bratwürste zu essen, zumal andere Gaststätten in der Umgebung ohnehin kaum vorhanden waren. Im Winter war es natürlich schon mal arg kalt, im Freien unter dem kleinen Vordach des Imbiss die Würste zu essen, aber sie schmeckten eben gut.

Wittenberge an der Elbe

Mich führte eine Tagung nach Wittenberge an der Elbe, die im Rathaus stattfand. Bevor ich dort ankam, erkundigte ich mich über die Stadt an der Elbe. Sie hat ein ehrwürdiges Rathaus aus den Jahren 1912–1914 mit einem herrlichen Ratssaal und einem großen Turm (Höhe 51 m). Das Rathaus ist in der Zeit des damaligen Jugendstils errichtet. Besonders der Ratssaal zeigt deutliche Jugendstil-Elemente, die fast unzerstört noch erhalten sind. Dieses Rathaus, eigentlich etwas sehr übertrieben für die Kleinstadt, deutete den damaligen Anspruch einer aufstrebenden Industriestadt an, es sollte möglichst großstädtisch wirken. Doch durch die Folgen des Ersten Weltkrieges 1914 bis 1918 und die Weltwirtschaftskrise ab Ende der 1920er Jahre wurde die wirtschaftliche Entwicklung stark gebremst.

Die Firma Singer errichtete 1903 in Wittenberge ihre Nähmaschinenfabrik, die bis in die 1920er Jahre erweitert wurde, u. a. 1928/29 durch die größte freistehende Turmuhr auf dem europäischen Kontinent. Selbst im zweiten Weltkrieg wurden bis zum 3. Mai 1945 Singer-Nähmaschinen hergestellt. Noch in den 1980er Jahren galt das VEB Nähmaschinenwerk Wittenberge als eine der modernsten Nähmaschinenfabriken der Welt. Durch weitere Fabriken, wie die 1935 errichtete Norddeutsche Maschinenfabrik und die 1937/38 Zellstoff- und Zellwolle-Fabrik wurde Wittenberge die wichtigste Industriestadt der Region. Durch den industriellen und damit wirtschaftlichen Aufschwung stieg die Einwohnerzahl schnell an. Dies führte zur Ausweitung des Stadtgebietes. Leider gab es unter dem Nazi-Regime die etwa 3000 Häftlinge, die unter unmenschlichen Bedingungen zur Zwangsarbeit im Zellstoffwerk verpflichtet wurden. Hunderte überlebten nicht, weil sie an Hunger oder Krankheit starben oder ermordet wurden. 1962 restaurierten Verantwortliche die Grabsteine der umgekommenen Zwangsarbeiter und stellten einen Gedenkstein auf. Doch die Wiedervereinigung Deutschlands 1990 brachte für die Prignitz und Wittenberge erhebliche wirtschaftliche Veränderungen, wie eben in allen Gebieten. Die Produktionsfirmen mussten nach und nach schließen. Neben dem Nähmaschinenwerk, das 1991 die Produktion einstellte, wurden auch 1991 das Zellstoffwerk (VEB Zellwolle) und die Ölmühle geschlossen. Von den großen Betrieben blieb nur das Reichsbahn- Ausbesserungswerk erhalten. Aufgrund des damit verbundenen Wegfalls von Arbeitsplätzen kam es zu einer erheblichem Abwanderung von Einwohnern. In diese bedrückende Stimmung kam ich am Vorabend der Tagung auf dem ca. zwei Kilometer von der Altstadt entfernten Bahnhof an.

Nachdem ich mein Quartier im kleinen Hotel bezogen hatte, suchte ich eine Gaststätte auf, um herauszufinden, was es für Besonderheiten in Wittenberge gibt. Leider bekam ich auf meine Fragen nur deprimierende Antworten. „Hier ist nichts schön, es gibt keine Arbeit, alles ist nur kaputt!!!". Ich führte das besondere Rathaus an, über welches ich vorher gelesen hatte: „Ach ja, das ist schön". Ich versuchte, einigen Menschen in der Gaststätte Mut zu machen: „Ihr müsstet das Schöne versuchen zu stärken, dann wird sich vielleicht wieder etwas Neues ergeben! Nur vom Jammern wird es nicht besser." Ich besuchte noch eine Gaststätte, es gab nur die zwei. Auch hier fand ich nur jammernde Menschen, die ihre negative Stimmung mit Bier und Schnäpsen verstärkten.

Bei meinem Rundgang durch die Stadt am nächsten Tag sah ich die vielen leer stehenden und reparaturbedürftigen Häuser. Die Stimmung in der Stadt war wirklich deprimierend. Das belegt auch die Einwohnerzahl von ehemals mehr als 28.000 Bewohnern, die bis heute um mehr als 10.000 sank. Das ehemalige Reichsbahn- Ausbesserungswerk ist zum Ausbesserungswerk Wittenberge der Deutschen Bahn geworden. Es ist der größte Arbeitgeber in der Region. Hier werden jetzt die Instandhaltung und Modernisierung von Reisezugwagen durchgeführt. Es gibt kleine Hoffnungsschimmer, so werden inzwischen die Elblandfestspiele Wittenberge (EFS) veranstaltet, die langsam eine Bedeutung über die Region hinaus erlangen. Durch die Modernisierungen einiger Wohnhäuser entsteht langsam eine positivere Stimmung in der Stadt, aber es braucht eben Zeit.

Bei einem weiteren Besuch in Wittenberge an der Elbe begleitete mich ein Kollege. Dieser hatte vier Kinder, die bereits die Schulzeit hinter sich hatten. Nachdem er sich von der Mutter seiner Kinder scheiden ließ, lebte er allein in einer Drei-Zimmer Eigentumswohnung im Rhein-Main-Gebiet. In einem abendlichen Gespräch in einer der zwei Gaststätten und nach einigen Bierchen erzählte er mir von seinen Plänen, die Ukraine zu besuchen. Dort sollen die Frauen besonders liebeshungrig sein. Ich deutete noch an, dass er sich aber nicht verlieben solle. Jedenfalls war seine erste Reise in die Ukraine für in Sachen Liebe ein voller Erfolg. So unternahm er wiederholt Reisen in das osteuropäische Land. Soweit mir bekannt war, fuhr er im Urlaub nur noch in die Ukraine. Auf eine Reise nahm er sogar seinen ältesten Sohn mit. Er stand bereits im Berufsleben, war aber noch nicht an das weibliche Geschlecht gebunden.

Meine Kollegen und ich haben ihn immer gewarnt. „Pass auf, dass du kein Kind in die Welt setzt!" Und es kam, wie es kommen musste. Eines Tages erzählte er uns abends beim Wein, dass er ganz stolz sei und mit fast 60 Jahren noch einmal Vater werde. „Aber du darfst diese Frau nicht heiraten!", war unser Versuch, ihn zu warnen; denn wir hatten bereits von Fällen gehört, wo Westdeutsche gehörig durch Frauen aus Osteuropa ausgenommen wurden. Unser lieber Kollege war aber so glücklich über seine bevorstehende Vaterschaft, dass er beschloss, die Frau zu heiraten und sie in das Rhein-Main-Gebiet zu holen. Im siebten Monat der Schwangerschaft heiratete er die junge Frau aus der Ukraine und sie zog mit in seine Eigentumswohnung. Zur Geburt war er in der Geburtsklinik mit dabei. Seine väterlichen Glücksgefühle über den neuen Sohn waren kaum zu übersehen. Allerdings trübte sich seine Freude zwei Wochen nachdem sein neuer Stammhalter geboren war erheblich. Die Mutter seiner Frau stand unangemeldet mit zwei großen Koffern vor seiner Tür.

Das war aber erst der Anfang. Es folgte der Vater seiner jungen Frau mit einer 6jährigen Tochter aus einer früheren Beziehung in die Wohnung und alle wollten darin leben. Diese Tochter aus einer früheren Beziehung seiner Frau kannte er nicht. Der Versuch unseres Kollegen, diese ungewollte „Wohnbesetzung" zu unterbinden, scheiterte, da die junge Mutter mit dem Kind größere Rechte hatte als er. Was blieb ihm übrig? Er versuchte die Ehe zu annullieren, mit der Begründung, sie sei durch einen Trick der Frau aus der Ukraine erschlichen worden. Es gelang ihm aber nicht. Letztendlich warfen die Mitglieder seiner Ukrainischen Frau ihn aus seiner eigenen Wohnung und verboten ihm jeglichen Kontakt zu seinem neugeborenen

Sohn. Er litt besonders darunter, dass er seinen Sohn das letzte Mal im Alter eines Vierteljahres auf dem Arm gehalten hatte. Gerichtliche Bemühungen, dass er wieder in seine Wohnung kommen konnte, führten zu keinem Erfolg.

Er sah sich gezwungen, eine kleine Einzimmerwohnung zu mieten. Dort lebte er nun bereits mehrere Jahre, Kontakt zu seinem Sohn bekam er nicht mehr. Er reichte die Scheidung ein und wurde auch geschieden, musste aber für seinen Sohn und die Mutter seines Kindes Unterhalt leisten. Unser Kollege hatte nicht schlecht verdient und bekam eigentlich ein sehr ordentliches Gehalt. Wir erfuhren von seiner finanziellen Misere; denn auch seine erste Frau hatte noch Unterhaltsansprüche an ihn. Er rechnete uns seine monatlichen Ausgaben vor. Nach den Zahlungen für die Miete der kleinen Wohnung und den Unterhaltsleistungen blieben ihm wenig finanzielle Mittel zur freien Verfügung. Lachend erzählte er uns, dass er besonderen Wert darauf legte, wöchentlich die einhundert Euro für die Prostituierte zu haben, die er regelmäßig aufsuchte. Lieber aß er weniger, als darauf zu verzichten. Sein Leben hatte nun diese Wendung genommen, er war nicht unzufrieden, aber eigentlich hätte er es gerne anders. Früher ging er manchmal im Sommer mehrere Kilometer zu Fuß, um in das Büro zu kommen. Durch das immer über mehrere Kilometer lange Gehen, war sein Körper sehr gut trainiert. An ihm war kein Gramm zu viel, andere Menschen beneideten ihn ob seines konstanten Gewichtes. Wenn man ihn nicht kannte, meinte man, es könnte ein ewiger Marathonläufer sein, obwohl er nicht einen gelaufen ist.

Etwas ist anders

In einem kleinen Dorf will kein Mensch dem anderen irgendwie auf die Füße treten, schon gar nicht dem Nachbarn. Meistens behält man Dinge, die man erfährt oder sogar sieht, lieber für sich. Das kann dazu führen, dass, wenn das „Kind in den Brunnen gefallen ist", eine entsprechende rechtzeitige Hilfe zu spät kommt!

Eine Bewohnerin fiel dadurch im Dorf auf, dass sie nicht zur Arbeit ging bzw. fuhr. Später wurde mir der Grund dafür deutlich. Ihr Vater wollte nicht, dass sie durch Arbeit ausgenutzt würde. Sie war noch jung und hatte nur zwei Jahre als Arbeiterin in einer Firma im Nachbarort gearbeitet. Sie sollte bei der gleichen Firma in eine Niederlassung in einen anderen Ort versetzt werden. Das wollte ihr Vater aber nicht, da sie sonst ein zweites Auto benötigt hätten. Seit 1991 arbeitete sie nicht mehr, weil es ihr Vater nicht gestattete.

Die Tochter unternahm nichts ohne ihren Vater, sie hatte keine sozialen Kontakte seit ihrer Hauptschulzeit und wurde auch sonst nicht gefördert. Sie war so gut wie nie beim Arzt und nur einmal beim Zahnarzt, durfte nicht einmal zum Frauenarzt und zur Blutuntersuchung schon gar nicht. Wegen ihrer Körperfülle benötigte sie Unterstützung beim Ankleiden und bei der Körperpflege. Das Ausfüllen von Formularen o.ä. gelingt ihr nur mit fremder Hilfe und sie hat Angst vor allem Unbekannten. Mit ihrer Mutter wohnte sie im Haus, das die Mutter und sie nach dem Tod des Vaters geerbt haben.
Ihr Vater hatte nicht zu gelassen, dass sie sich in psychosomatische und physiotherapeutische ambulante

Behandlung begeben konnte. Sie litt unter großen Existenzängsten, alles was neu auf sie zukam, beunruhigte sie, da sie vorher so gut wie gar keinen Kontakt zu anderen Menschen hatte. Den Verdacht, dass der Vater, seine Tochter irgendwie anders behandelte, heute würde man sagen, missbrauchen würde, hatten insgeheim viele. Keiner sprach es offen aus. Irgendetwas schien nicht normal zu sein. Die Mutter war nicht in der Lage, ihre eigene Tochter gegen die Unterdrückung durch den Vater zu schützen. Die Mutter machte später Andeutungen, sie sei zu schwach gewesen, sich gegen ihren Mann durchzusetzen.

Die junge Frau war in der Mitte ihres Lebens, als der Vater sehr plötzlich verstarb. Zu dieser Zeit hatte sie ein enormes Übergewicht, sie konnte der Trauerzeremonie auf dem Friedhof nicht richtig folgen und wäre beinahe umgefallen. Freundliche Helfer organisierten einen Stuhl, den sie ihr „runterschoben". Ein ehemaliger Kollege des Verstorbenen machte auf die schwierigen finanziellen Verhältnisse von Witwe und Tochter aufmerksam. Als Nachbar regte sich bei mir meine Hilfsbereitschaft. So begann mein Kontakt zu Mutter und Tochter um eine mögliche Unterstützung bei der Beschaffung von Heizmaterial.

Die Mutter hatte kein Zugriffsrecht auf das Bankkonto des verstorbenen Ehemanns, die Tochter gar kein Bankkonto und bekam nicht einmal eine staatliche Unterstützung als Arbeitslose. Trotz aller Einschränkungen durch den Vater war das Positive, dass er für seine Tochter freiwillig die Krankenkassenbeiträge bezahlt hatte. So konnte versucht werden, eine Kur zum Abnehmen zu erlangen, was aber leider zweimal abgelehnt wurde.

In dem Dorf fragten sich manche, was ich mit denen zu schaffen hatte? Man war neugierig, Neues zu erfahren, aber hinter vorgehaltener Hand. So kann ich mir auch erklären, dass einige im Dorf vermutet haben, dass es in dem Haus nicht alles normal zuging, aber keiner traute sich, es auszusprechen. Ich machte Termine beim Hausarzt und Frauenarzt. Die waren überrascht, eine Frau zu behandeln, die nicht entsprechend ihres Alters auftrat. Hinzu kamen ihre Ängste und dass sie sehr schnell weinte. Anderthalb Jahre nach dem Tod des Vaters setzten bei der jungen Frau Blutungen ein und ich empfahl sofort einen Besuch beim Frauenarzt, der sie in das Krankenhaus überwies. Hier wurde der Verdacht auf Krebs diagnostiziert, was sich erfreulicherweise nicht bestätigte. Eine Totaloperation war unvermeidlich. Die Mutter sprach mich an, dass ihre Tochter laut der behandelnden Ärztin eine Gesetzliche Betreuung bekommen solle. Aber Mutter und Tochter wollten dies nicht. Ich sagte zu, mit der Ärztin im Krankenhaus zu sprechen.

Die Ärztin lehnte es ab, mit der Mutter über die Tochter zu sprechen und schlug auch einen Gesetzlichen Betreuer vor. Ich schlug der Ärztin vor, ihr alle meine Kenntnisse über die junge Frau und auch meine schriftlichen Äußerungen für die Kur-Anträge und zur Vorbesprechung bei den Ärzten zukommen zu lassen. Zu den Unterlagen gehörte ebenfalls eine Erläuterung ihres sozialen Umfeldes. Außerdem erzählte ich der Ärztin, dass ich für meine Down-Syndrom Tochter bereits eine Gesetzliche Betreuung habe. Nach Durchsicht der ihr überlassenen Unterlagen fragte mich die Ärztin, ob ich nicht die Betretung übernehmen wolle. Auch Mutter und Tochter hätten Vertrauen zu mir und ermunterten mich, diese Aufgabe zu übernehmen. So kam ich zu meiner zweiten Gesetzlichen Betreuung „fast wie die Jungfrau zum Kind".

Meine Hauptaufgabe war vorerst, für eine Arbeitslosenunterstützung zu sorgen, damit die beiden Damen eine einigermaßen auskömmliche Finanzierung ihres täglichen Bedarfes erreichen konnten. Hierbei musste ich alle Anträge mit den zuständigen Behörden besprechen und ausfüllen. Leider hatte die Mutter einen Schuldenberg von über 13.000 Euro von ihrem verstorbenen Mann übernommen. So wurden auch Gespräche mit der Bank, um die Konditionen des Kredites zu verbessern, erforderlich. Nachdem dies alles einigermaßen abgeschlossen war, begann mein Streben, für die junge Frau eine Arbeitsbeschäftigung zu finden. Alle angesprochen Firmen lehnten aber ab, sie zu beschäftigen, da sie so lange keine berufliche Tätigkeit ausgeübt hatte. Ich versuchte bei der Arbeitsverwaltung mein Glück und fand sehr hilfsbereite Menschen, die mir anboten zu versuchen, sie wieder in das berufliche Leben einzugliedern. Was musste ich nicht alles an Berichten und Attesten zusammentragen, um ihr zu helfen. Ihre Ängste ließen leider noch nicht zu, dass sie alleine mit dem Zug zur Arbeitsverwaltung fuhr, die sich direkt am Bahnhof befand. So fuhr ich sie mit meinem Auto zur Arbeitsverwaltung. Es hatte sich gelohnt. Nach den ärztlichen Untersuchen sagten mir zwei liebenswerte Ärztinnen zu, dass sie es befürworten werden, die junge Frau in eine Maßnahme zur Wiedereinführung in das Berufsleben von der Arbeitsverwaltung zu empfehlen.

Mutter und Tochter sind zwei Jahre nach dem Tod des Ehemanns und Vaters zu der Überzeugung gelangt, dass sie das Haus, in dem sie wohnten, auf Dauer nicht halten können. Einmal sei das Haus für sie beide einfach zu groß und am Haus und im Garten wurden wichtige Erneuerungsmaßnahmen erforderlich, die sie nicht finanzieren können. So half ich ihnen mit der Empfehlung an einen Makler, der versuchen sollte, ihr Haus zu verkaufen. Mit dem Verkaufserlös wollten sie sich eine kleine Drei-Zimmer Eigentumswohnung kaufen. Doch mit dem zu erzielenden Erlös wäre eine Eigentumswohnung in der Nähe ihres bisherigen Wohnortes nicht zu finanzieren gewesen. So kam es, dass Wohnungen außerhalb ihres Wohnortes in Betracht gezogen wurden. Ihr Wohnhaus fand nach nur drei Monaten einen neuen Käufer und sie fanden eine Eigentumswohnung etwa 45 Kilometer entfernt, die ihnen zusagte.

Nun begannen die Vorbereitungen für die Renovierung der neuen Wohnung, für den Umzug mit dem erforderlichen Papierkram. Für mich war es so, als würde ich selber umziehen. Die Handwerker mussten gefunden werden, neue Möbel mussten gekauft werden, eine Küche wurde notwendig und im Bad war einiges zu erneuern. Es war eine sehr intensive Art der Begleitung. Kurz vor Weihnachten konnten sie in ihre neue Wohnung einziehen. Erfreulich war, dass die junge Frau inzwischen ihr Gewicht erheblich reduzieren konnte, sie war sehr konsequent bezüglich ihrer Ernährung. Durch den Verkauf des Hauses mit Grundstück und dem Neuerwerb der Wohnung hatte ich ein finanzielles Polster ausreichend bemessen. Davon konnten alle Nebenkosten und Kosten für Renovierung sowie der Kauf neuer Möbel beglichen werden. Außerdem schlossen sie einen Bausparvertrag ab, der für unvorhersehbare mögliche Kosten an der Eigentumsmaßnahme als Sicherheit diente.

Die junge Frau erhielt einen Schwerbeschädigten Ausweis und kam nach vielen weiteren Gesprächen endlich in eine Reha-Werkstatt des Behinderten Werks des Kreises für eine zweijährige Einführung, dem sogenannten Berufsbildungsbereich. Dieser Bereich ist eine Maßnahme zur Teilhabe am Arbeitsleben, finanziert von der Agentur für Arbeit, für Menschen, die aufgrund ihrer Einschränkung dem allgemeinen Arbeitsmarkt nicht zur Verfügung stehen. Sie absolviert nun eine berufsfeldorientierte Qualifizierung im Berufsfeld Bürodienstleistung. Aber nun begannen für die Erzielung der Grundversorgung neue Probleme. Seit sie in der Werkstatt für Behinderte arbeitet, ist nicht mehr die Arbeitsagentur, sondern das Sozialamt für sie zuständig. Hier wurde erst einmal abgeblockt und die Anträge mit allen Unterlagen nahmen fast kein Ende mehr. Sie hätte ja jetzt Eigentum und damit entfiele die Grundsicherung. Bis ich den Mitarbeitern der Behörde klar machen konnte, dass sie kein Vermögen hat, sondern der Verkaufspreis des Hauses und der Kaufpreis für die neue Wohnung gerade so aufgegangen sind. Wie mag das ein Mensch empfinden, der nicht mit dem Behördenkram umgehen kann?

Eine Bekannte der beiden Frauen hatte der jungen Frau immer wieder gesagt, sie tauge nichts und sie könne nichts, nicht einmal den Müll könne sie richtig trennen. Sie würde auch niemals an einem PC arbeiten könne, denn sie würde den ja nur mit dem Hammer kaputt machen. Diese Äußerungen trugen natürlich nicht zum Verbessern ihres Selbstwertgefühls bei. Doch die große Freude für ihre Mutter und für mich, und langsam auch für sie selbst ist, dass sie sich in der Behindertenwerkstatt gut eingeführt hat und gerne dort arbeitet. Sie fängt jetzt erst an, überhaupt eigene

Bedürfnisse zu entdecken. Es ist so, als würde sie das Laufen erst wieder lernen müssen.

Sie wird täglich von ihrer Wohnung abgeholt und zur Werkstatt gefahren, und nach der Arbeit wieder zurückgebracht. Ab und zu wird mit ihr auch das Fahren mit dem Bus geübt, hierbei muss sie jeweils einen Weg von einer Viertelstunde zur Bushaltestelle und zur Werkstatt zurücklegen. Auch diese neue Aufgabe wird sie wieder lernen müssen. Ihre Arbeit macht ihr sichtlich Freude und sie nimmt langsam an anderen Veranstaltungen teil. Manchmal kommt sie sogar singend nach Hause. Zu ihrem ersten Urlaub, einer einwöchigen Busreise, habe ich sie noch sehr motivieren müssen. Ihr langsam beginnendes Selbstvertrauen wächst nach und nach, und ihre Ängste werden ebenfalls weniger. Dieses Jahr besorgt sie im Reisebüro Prospekte, um im Sommer eine Woche Urlaub in Oberbayern zu machen.

Im Frühjahr 2019 wurde sie aus dem vom Arbeitsamt geförderten Berufsbildungsbereich in den LWV, Landeswohlfahrtsverband, übernommen, was ihr eine besondere Sicherheit bringt. Für sie ist es nun ein richtiger Arbeitsplatz, zu dem sie gerne geht. Die Busfahrt und das Laufen zur Arbeit ist jetzt für sie die Normalität. Sie bekommt langsam Kontakte zu anderen Menschen und ist nicht mehr so ängstlich. Am Telefon ist sie selbstbewusster und aufgeschlossener. Ihre Ängste sind längst nicht mehr so bedrohlich wie zu Beginn. Sie ist jetzt motiviert und möchte mehr ausprobieren. Am Ende des laufenden Jahres wird sie alle ihre Angelegenheiten selber steuern und bearbeiten. Die gesetzliche Betreuung wird dann nicht mehr erforderlich sein.

Dorfgeschichten

Für mich ist es immer wieder wie Musik, wenn Kinder spielen und ihre Umgebung erkunden. Dabei darf es laut und manchmal auch schreiend zugehen. Die Unterschiede lassen bereits im frühen Kindesalter die spätere Entwicklung vorausahnen. So werden einige von ihren Eltern oder anderen Erwachsenen ständig begleitet. Sie stehen unter ständiger Beobachtung. Manchmal tragen sie noch bis Mai, auch bei warmer Witterung, Mütze und Schal bei fast 20 Grad. Für mich aufgrund meiner eigenen Kindheit unvorstellbar.

Aber es gibt eben auch die anderen Kinder, die nackt auf dem Asphalt spielen und sich ständig ausprobieren. Dabei entdecken sie ihre Fähigkeiten. Sie sind zu anderen Kindern höflich und lernen das aufeinander Eingehen und Respektieren. Meistens sind das Kinder, die mehrere Geschwister haben. Sie können aber auch furchtbar streiten und sich kloppen, aber sie können sich auch wieder beruhigen und vertragen. Alles lernen sie spielerisch ohne die Einmischung eines Erwachsenen.

Einmal war eine Kinderschar mit einer Schubkarre unterwegs. Sie waren auf dem Wege, um an dem nahen Bach zu spielen. Ein kleiner Bruder musste plötzlich pinkeln. Seine Schwester empfahl ihm, in den Bach zu pinkeln. Er wollte dies aber nicht und schrie ohne Unterbrechung. Die Schwester war fast verzweifelt und herrschte ihren Bruder an: "Wenn du nicht aufhörst zu schreien, kippe ich dich in den Bach!" Ihr blieb nichts anderes übrig, sie packte ihren Bruder und fuhr ihn in der Schubkarre nach Hause.

Kinder probieren aber auch aus, was sie erreichen können und manchmal tappen sie auch gehörig daneben oder begeben sich in Gefahren, die sie noch nicht einschätzen können. Dann müssen Eltern und Erwachsene eingreifen. Manchmal finden die Kinder das ungerecht oder übertrieben. Aber einiges bleibt bei ihnen hängen und ist eine wichtige Lehre für die Zukunft. So ein Beispiel war: Kinder ließen sich eine kleine Gartenschaufel und Gartenschere geben, um eine Fallgrube für Mäuse zu bauen. Zwischendurch kam ihnen aber die Idee, den Weg zum landwirtschaftlichen Anhänger auf der Nachbarwiese abzukürzen, um darauf zu spielen. Sie durchschnitten den Maschendraht-Zaun. Der freundliche Nachbar, dem das Grundstück gehörte, meinte sogar, ach es ist ja nicht schlimm, das kann ich flicken. Aber der Vater der Kinder bestand darauf, dass der kleine Knabe 10 Euro von seinem Taschengeld dem Nachbarn übergeben musste, was der Knabe mit gesenktem Kopf und dem leise gesprochenen: „Hier, für den Zaun", übergab. Die 10 Euro wanderten später wieder in das Sparschwein des Jungen, wovon er aber nichts mitbekam.

Weitere lebendige Aussagen aus Kindermund: „Ihr sollt ruhiger sein, ich kann mich nicht konzentrieren." Sagte ein Vierjähriger zu seiner Schwester und seinen Brüdern. „Meine Erfindung!...", und er spielt begeistert im Sandkasten. Um welche Erfindung es sich handelt, erzählt er aber nicht.

Ein 5jähriges Mädchen, als „Bestimmerin" mit Jungen im Schlepptau, möchte eine eingefangene Kröte, die sie in einem kleinen Eimer hielt, in dem Teich eines naheliegenden Grundstücks aussetzen. Die Eigentümerin des Grundstücks sieht zufällig die Kindermeute, wie sie mit Gejohle in Richtung Teich marschiert. Sie motiviert die sieben Kinder mit den Worten, die Kröte doch lieber im nahegelegenen Bach auszusetzen; denn dort hätte sie ja viel mehr Bewegungsraum. Den Rat befolgte die kleine Meute und marschierte zum Bach.

Kinder können eigentlich immer alles gebrauchen. Beim Ausräumen des Kellers einer Nachbarin kamen viele nicht mehr benötigte Nibbes Figuren und ähnliches zum Vorschein. Diese Dinge wurden in Körben an die Straße gestellt. Zu ihrer Überraschung waren die Körbe innerhalb kürzester Zeit leer. Mit einer Mutter aus der Kinderschar sprach sie darüber, ob sie von der Sammelleidenschaft der Tochter wusste? Sie sagte nur, dass ihre Tochter ein „Geheimdepot" unter dem Bett bewahre, was sie aber nicht ansehen durfte.

Es gibt im Dorf immer wieder Streit wegen der eigenen Hunde. Meistens sind diese in erster Linie Wach- und Hütehunde gewesen. Im Laufe der Jahre wurden es immer weniger Tiere, die zu hüten waren, und die Hunde wurden zu Familienhunden. Diese Tiere werden dann mit besonderer Sorgfalt ausgeführt und für jedes Herrchen ist sein Hund eben ein besonderer Hund. Vor einiger Zeit haben zwei Hunde einen frei laufenden, aber nicht aggressiven Hüte-Hund so gebissen, dass seine halbe Schnauze zerfetzt war. Er war so verletzt, dass er eingeschläfert werden musste.

Im Gegensatz zu den Hütehunden gibt es in der Regel größere Tiere. Aber nun gibt es Hunde, die man fast in die Westentasche stecken könnte. So ein Hund saß mit einem Kind auf dem Traktor und sein Onkel kutschierte die beiden stolz durch die Gegend. Zu dem Dorfleben gehören natürlich Traktoren. Kinder haben eine besondere Freude, wenn sie meistens beim Großvater auf dem Traktor mitfahren dürfen. Sie sind dann stolz wie Bolle und genießen die höhere Aussicht in ihrer ländlichen Umgebung. Eine besondere Freude ist, wenn noch mehrere Kinder mitfahren dürfen. Wobei natürlich der Platz auf dem Schoß des Großvaters besonders umworben wird. Leider muss ich feststellen, dass diese Traktorfahrten bei älteren Kindern nicht mehr so beliebt sind. Wenn sie älter werden, ziehen sie die neuen Technologien und Kommunikationsmittel einfach stärker an. Das Spielen in der freien Natur, was Kinder in den Städten nicht so können, wird, je älter sie werden, immer weniger.

Hinzu kommt, dass viele junge Menschen dann gerne in einen Sportverein gehen möchten. Wobei in der ländlichen Region die Fußballvereine die meiste Priorität genießen. Das hängt bestimmt auch mit der geringeren Dichte anderer Sportvereine zusammen. Für die meisten jungen Menschen im Dorf ist es fast ein „Muss" zusätzlich in den Feuerwehrverein einzutreten. Manchmal ist dieser Verein sogar der einzige in einem kleinen Dorf. Vor den Menschen, die diese Kinder in dem Feuerwehrverein begleiten und fördern, kann ich nur den Hut ziehen. Sie leisten Großes für die Kinder. Außerdem sind die Kinder sehr stolz, wenn sie sogar mit einer Feuerwehr-Uniform an Wettbewerben teilnehmen. Früher habe ich mich sogar dafür stark gemacht, dass Feuerwehren verschiedener Ortsteile zusammengelegt werden. Mein Ansinnen galt der Kosteneinsparung, immerhin sind die Kosten für die Feuerwehren ein großer Anteil im Haushalt der Kommunen. Inzwischen sehe ich die gute Aufgabe der einzelnen Ortsgruppen als wichtige soziale Aufgabe in den Dörfern. Dies funktioniert na-

türlich nur, so lang es Menschen gibt, die sich dafür
bereitfinden.

Eines Tages kam die Tochter eines Nebenerwerbs-
landwirts auf mich zu und beklagte, dass das Dorf so
langsam aussterbe. Es werden ja kaum noch Kinder
im Dorf geboren. Nun ist es wie mit allen Umfragen
und Voraussagen. Oft wird es anders, als man denkt
und so auch im Dorf. Inzwischen sind mehrere junge
Familien, Kinder von Alteingesessenen, wieder zurück in das Dorf gezogen und haben Familien mit
Kindern gegründet, die sich in dem zwar ruhigen
aber für Kinder sehr anregenden Dorf entwickeln und
das Leben enorm bereichern. Es ist wie im wahren
Leben, es geht halt immer wie in Wellenbewegungen
auf und ab. Es ist einfach schön zu beobachten, wie
sich Kinder in der freien Umgebung des Dorfes entwickeln und welche Fortschritte sie in doch sehr kur-
zer Zeit machen.

Auch merkt man als Beobachter schon sehr früh, welche Kinder ein gutes soziales Verhalten entwickeln
und welche wohl eher behütete Einzelgänger werden.
In den Dörfern, wie auch in den Städten, gibt es nur
noch selten Großfamilien. Für Kinder ist es ein Glück,
wenn in ihrer Nachbarschaft viele Gleichaltrige wohnen, mit denen sie spielen und sich entwickeln können. Bei vielen Kindern wünschte ich mir, dass sie
vielmehr versuchen würden, etwas eigenständig herauszufinden oder zu entdecken. Die angeborene Neugierde wird leider oft durch die Eltern in Bahnen ge-
lenkt, die nicht der Entwicklung und dem Offensein
für Neues der Kinder entspricht. Kinder müssen und
sollen auch ruhig Fehler machen. So lernen sie am
Nachhaltigsten. Außerdem bilden sich dadurch leich-

ter Individuen, die wir Menschen für unsere Entwicklung und Forschung benötigen.

Kinder lernen von Kindern. Außerdem erleben sie an sich selber, wie sie auch Konflikte überwinden können. Viel wichtiger ist, dass sie in ihrer Kindheit andere Menschen in ihrer Verschiedenheit erleben und selbstverständlich akzeptieren. Besonders Kinder gehen viel unkomplizierter auf Kinder mit körperlichen oder geistigen Einschränkungen zu als Erwachsene. Das Gleiche unvoreingenommene Verhalten entwickeln Kinder auch gegenüber Fremden. Kinder finden meistens einen natürlichen und spielerischen Umgang zu Menschen ihres Alters. Diese früh gelernte Toleranz hilft, dass wir wieder mehr lernen, auf den Anderen zu achten und weniger egoistisch zu werden.

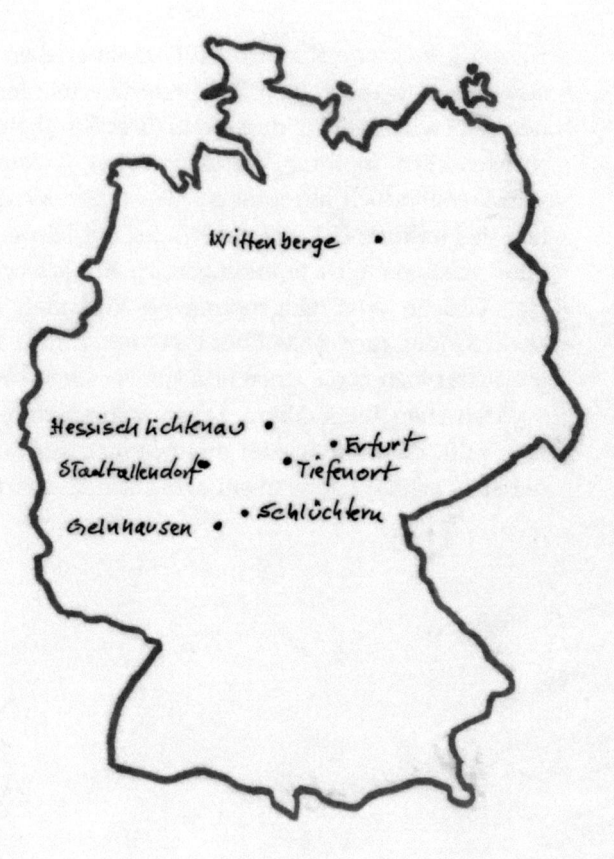

Wittenberge •

Hessisch lichknau •
Stadtallendorf •   • Erfurt
                    • Tiefenort
Gelnhausen • • Schlüchtern

114

Dank

Für die Geduld und Unterstützung bei meiner Schreibtätigkeit danke ich besonders meiner Frau. Sie hat mich oft liebevoll in die tägliche Wirklichkeit zurückgeholt.

Mein erstes Buch, erschienen
2019 im Zeitgutverlag, Berlin
204 Seiten mit Fotos

ISBN 978-3-866 14-267-1